凡人

Philip Roth

Everyman

[美]菲利普·罗斯——著

彭伦——译

上海译文出版社

philip
Roth

献给 J.C.

这使人对坐而悲叹的世界；

在这里，青春苍白、消瘦、死亡，

而"瘫痪"有几根白发在摇摆；

在这里，稍一思索就充满了

忧伤和灰色的绝望……

——约翰·济慈《夜莺颂》

在这破败的墓园中，围在他墓前的，有从纽约来的几个他以前广告公司的同事，他们追忆着他当年的旺盛精力和独特创意，告诉他女儿南希，与他共事是多么愉快；有驾车从“海星沙滩”赶来的老人，那是一个位于泽西海滨[1]的退休养老住宅区，他自二〇〇一年感恩节后就一直住在那里，来的老人都是他不久前才开设的美术班上的学员；有他两个已经年届中年的儿子兰迪和隆尼，他们是他磕磕绊绊的第一次婚姻所生，主要由他们母亲抚养长大，所以看不到他有什么优点，只知道他有多么差劲，他们来这里纯粹是尽义务；有他的哥哥豪伊和嫂嫂，他们是前一天晚上从加州坐飞机赶来的；还有他三个前妻中的第二个，也就是南希的母亲菲比，她高挑，消瘦，满头白发，右臂无力地耷拉着。南希问她想说点什么，她羞涩地摇摇头，但接着就细声说了起来，吐字有点含糊：“真是无法相信。我老是想起他在海湾里游泳的情景——就是这点，我就看着他在海湾里游泳。”然后，还有南希，是她一手安排了她父亲的葬礼，并且打电话通知了现场出席的这些追悼者，这样葬礼上就不至于只有她母亲、她本人和他的兄嫂。只有一个出席者是不请自到的，一个身体壮实、长着一张乐呵呵的圆脸、头发染红的女人。她来到墓园，自我介绍名叫莫琳，是几年前他心脏手术后照顾他的私人护士。豪伊记起了她，走上前去吻了她的面颊。

南希对众人说：“让我先给大家说说这墓园吧，因为我发现我父亲的祖父，也就是我的曾祖父，不但和我曾祖母一起葬在这墓园最初所在的几亩地里，而且他还是一八八八年建造这个墓园的参与者呢。最早出资、建造这座墓园的联合会是由散布在联合县、埃塞克斯县[2]

1 泽西海滨是指新泽西州面向大西洋的海滨区域，也包括附近的度假区和居民区。

2 联合县、埃塞克斯县是新泽西州的两个县。联合县政府所在地为伊丽莎白市，埃塞克斯县政府所在地为纽瓦克市。

的犹太教徒和犹太人慈善组织的殡葬协会组成的。我曾祖父在伊丽莎白市开了一家旅馆，专门招待新来的移民，他十分关心他们的生活状况，而不只是当他们的房东。正因为此，他才和别人合伙买下墓园原先所在的这块空地，他们一起把地面铲平，种上植被；也正因为此，他被推选为墓园首任主席。当时他还颇为年轻，精力十分旺盛，墓园有一份文件阐明进入墓园的死者‘生前需恪守犹太宗法’，这份文件的落款处至今只有他一个人的签名。显而易见，如今单个的墓地、栅栏和门都得不到应有的维护。许多东西烂了，坍了，门锈了，锁不见了，不少地方被破坏了。这一带成了机场的末端，现在你们听到的声音就是几英里外新泽西高速公路上源源不断的车流声。我当然首先想到我父亲可能落葬的这片着实美丽的土地，这片他和我母亲年轻时常常一起游泳的地方，这片他喜欢在海岸边游泳的地方。虽然环顾四周，这幅破败的景象真令我心碎——也许你们各位同样如此，甚至可能会问，为什么我们聚集在这样一个被岁月摧残得如此伤痕累累的地方——因为我还是希望他能长眠在那些曾经爱他、生他、养他的人旁边。我父亲很爱他的父母，他们应该在一起。我不愿让他孤零零地安葬在别处。”她沉默片刻镇定一下自己的情绪。这是一位面容温和、三十五岁上下的女子，长相和她母亲当年一样秀气，一望即知毫无威严的气质，连勇敢也谈不上，她像个十岁孩子般沉浸在悲伤的情绪中。她转身面对灵柩，拾起一块土，带着年轻姑娘的那种茫然神态轻轻说：“好吧，就这样结束吧。我们只能做这么多了，爸爸。”说着，把土块放在棺材盖上。接着她想起他个人恪守数十年的要坚忍的座右铭，开始哭泣。“现实无法重复，”她对他说，“当它来临时就要一把抓住它。坚持你的立场，机会来临时就抓住它。”

下一个把土块放在棺材盖上的是豪伊。他从小就崇拜豪伊，相应的，豪伊也待他十分友爱，耐心教他骑自行车、游泳，带他参加所有豪伊自己都出类拔萃的运动。直到现在，凭豪伊的身子骨，他似乎还能带着橄榄球奔过中线，他都已经七十七岁了。他从没有因为什么病而住过医院，一辈子健康得令他自己都得意洋洋，而他俩居然是同一树干上长出的同胞枝芽。

因为动情，他的嗓音有些沙哑。他对妻子轻声说：“我的小弟，就这么没了。”然后他对每个人说：“看我能不能说好吧。现在让我们说说这个人，说说我弟弟……”他顿了顿，整理一下思路，使发言有条理。他那种说话方式、那种高兴的音调都与他弟弟像极了，菲比听着就哭了，南希马上扶住她的手臂。“他最后那几年，”他注视着坟墓，说，“除了健康问题，还很孤独——这同样是个问题。我们随时都会通电话，尽管去世前那段时间，不知为何，他不再主动和我联系，他在高中就对绘画自然而然地产生了浓厚的兴趣。他在广告界干了一辈子，先是做美术指导，再晋升为创意总监，获得了相当的成功。退休以后，他几乎每一年、每一天都在画。毫无疑问，我们要说的话，每个来这里凭吊亲人的人都说过：他应该更长寿。真该活得更长久。”说到这里，他停顿片刻，脸上无奈、忧伤的神情变成了苦笑。“我上高中时，下午经常参加球队训练，他就接替我放学后帮父亲跑腿的任务。他对自己才九岁就能干这样的事而高兴坏了，他喜欢把钻石装进信封放在兜里，跳上公交车去纽瓦克，在那里，父亲雇用的钻石镶嵌师、切割师、抛光师，还有手表修理师，一个个在散布于弗莱林胡伊森大街上那些像鸟笼子一样的作坊里干活。这差事令这孩子无比快活。我想，看着这些手艺人在那些狭小的空间里孤独地工作，他肯定也萌生出用自己的双手创造艺术的念头。而且，我觉得当他眼眶里卡着放大镜看钻石的各个琢面，创造艺术的强烈愿望一定油然而生。”豪伊骤然发出一阵大笑，稍稍放松了一些因为发言而紧张的情绪，然后说，“我只是一个普通的哥哥。钻石只会让我产生赚钱的欲望。”接着他仿佛望着他们童年时代那阳光灿烂的窗子，继续刚才因为这番评论而打断的回忆。“父亲每个月在《伊丽莎白日报》上打一次小广告。赶上感恩节和圣诞节之间那段节日的旺季，他就每星期打一次。‘手表以旧换新大优惠’，他就这样攒起了那些旧手表，扔在珠宝钟表店后面的抽屉里——大部分破得连修都没法修。我这个小弟弟却可以一连几个小时都坐在那里，转着手表指针，听听它们还能不能嘀嗒走动，琢磨着每一个表面、每一个表壳像什么。小家伙整天捣鼓的就是这些事儿。换来的这一两百块旧表，整抽屉的旧表，加起来最多也就值十块钱，可是在这个头脑正开窍的小艺术家眼里，里屋这放手表的抽屉真是个藏宝箱。他常常从里面挑手表戴在手上——他永远都戴着一只从抽屉里拿出来的手表，一只指针还能走动的手表。至于那些外表是他喜欢的、他想尽量修好的手表，他就瞎捣鼓一气，但毫无起色——通常只会令手表坏得更彻底。不过，这还只是他亲手干细致活的开始。我父亲总是雇两个高中刚毕业的女孩，十八九岁或者二十岁出头，帮他站柜台。她们都是亲切、甜美的伊丽莎白市本地姑娘，举止得体，身材匀称，她们都是基督教徒，大都来自信奉天主教的爱尔兰移民家庭，父亲、叔伯、兄弟都在胜家缝纫机厂、饼干公司或是码头上干活。他认为基督教家庭里出来的姑娘待人和气，会令顾客感觉自在。如果顾客有请，姑娘们还会为他们试戴首饰，让他们看看效果，我们运气好的话，女顾客最后就掏钱买了。爸爸告诉过我们，女人看到漂亮姑娘戴着一件首饰，心里都会想，如果她自己戴上那件首饰，一定也会那么漂亮。码头上那些到店里来打算给女友买订婚、结婚戒指的小伙子，有时候冒冒失失地握着营业员姑娘的手，仔细打量姑娘试戴的钻戒。我弟弟也喜欢和这些姑娘泡在一起，早在明白其中道理之前他就对此乐此不疲了。他会在打烊时帮姑娘从橱窗和玻璃柜台下拿出展品。他喜欢帮她们干任何事情。他们把橱窗和柜台里的东西都拿走，只剩下最便宜的。就在关门前的那一刻，小家伙打开里屋的大保险箱，爸爸很放心地把密码告诉了他。在他之前，这些活儿是我干的，当然，也像他一样尽可能地离姑娘们近一些，特别是那一对叫哈丽埃特和梅的金发姐妹。多年来，来来去去换过许多姑娘，有哈丽埃特、梅、安玛丽、简，还有米拉、玛丽、帕蒂，以及凯瑟琳和柯琳。每个姑娘都令这孩子着迷。大美人柯琳，刚过十一月就坐在里屋的工作台前，和我的小弟弟一起在装着店里特制产品目录的信封上写顾客邮寄地址，准备迎接节日销售旺季的到来。到那时候，爸爸每星期有六个晚上都营业，人人都像狗一样拼命干活。如果你给我弟弟一盒信封，他比谁都数得快，因为他的手指十分灵巧，数起信封都是五张一数。我观察他，结果不言而喻，这正是他在干的：向柯琳炫耀他数信封的本事。能够成为珠宝商可靠的儿子，这孩子干起任何事情都那么高兴！没错儿，那正是我们父亲最爱拿来表扬人的词儿——‘可靠’。多年来，父亲卖婚戒给伊丽莎白市的爱尔兰人、德国人、斯洛伐克人、意大利人、波兰人，反正大都是年轻劳工。有半数人买了戒指以后会邀请他带全家参加婚礼。大家都喜欢他，他有幽默感，卖的东西也不贵，还乐意让任何人赊账，所以我们都去——先是去教堂，然后去参加热闹的庆祝活动。‘大萧条’来了，战争来了，但我们还有婚礼；有营业员姑娘；有用信封包着价值数百元的钻石放在方格纹口袋里、坐公共汽车去纽瓦克的旅行，每个信封上都有父亲写给钻石镶嵌师或切割师的要求；有五英尺高的莫斯利牌保险箱，我们每天晚上小心谨慎地将盛着珠宝的盘子放进去，第二天早晨取出来……所有这一切就是我弟弟这样一个乖小孩生活的主要内容。”豪伊的视线又落在棺材上。“现在又怎么样呢？”他问，“我觉得能记住多少是多少了。想啊想啊，要想起更多……可是为什么不记住呢？亲朋好友之间再哭一加仑眼泪又怎么样呢？父亲去世的时候，弟弟问我会不会介意让他保存父亲的手表。那是一块汉米尔顿牌手表，宾州兰卡斯特产的，据专家也就是店主说，这是我国出产的最好的手表。随便什么时候，只要有人买，父亲无不向顾客保证他的选择绝对没错。他会说：‘您瞧，我自己都戴这牌子。这是非常非常得宠的手表，汉米尔顿牌。据我所知，是最好的国产手表，绝对没错。’如果我没记错的话，手表每块卖七十九元五角。那时候，随便什么东西，打折后的价格零头都是五角。汉米尔顿牌手表口碑非常好，以前是很上档次的，我爸爸就很喜欢他那块，所以弟弟说想要爸爸的手表，我别提有多高兴了。他本来也可以要珠宝放大镜和父亲放钻石的盒子，就是那个父亲无论去哪里谈生意都要放在大衣口袋里的破旧皮盒：里面有镊子，小螺丝刀，用来量圆形宝石大小的尺寸工具，包零散钻石用的、折起来的白纸。这些美丽、珍贵的小东西，他曾握在手中，放在心口，但我们决定还是让放大镜、钻石盒子以及盒子里的所有东西，和他一起葬在坟中。他总是一只口袋装放大镜，另一只放香烟，所以我们把放大镜放在他寿衣里。记得弟弟当时说：‘不管怎么样，我们应该把它放在他的眼睛上啊。’悲痛就能让人变成这样。我们当时就是这样不知所措。不知道还能做什么。无论对错，除此以外我们好像无事可做。因为它们可不仅仅是他的东西——它们就是他本人……最后说说这块汉米尔顿表吧，我父亲的这块老式汉米尔顿牌手表，这块‘老’汉米尔顿，每天早晨你都要给它上发条，有时还得拔出发条弦调整指针位置……除了游泳，弟弟一天到晚戴着它。所以直到四十八小时之前，他才永远地脱下了。动手术时他把手表递给护士，让她锁在安全的地方，但他死在了手术台上。今天上午在来墓园的车上，我侄女南希给我看她在表带上新打的一个眼，现在，轮到她戴着这块汉米尔顿看时间了。”

接下来是他的两个儿子，这两个年近五十的男人有着乌黑光亮的头发，深邃而富有表情的眼睛，同样宽大的嘴巴性感而饱满，活像他们的父亲（和伯父）在他们这个年纪时候的模样。他们相貌英俊，身体却开始发福，似乎彼此亲密无间，与那死去的父亲却又极其疏远。弟弟隆尼首先走到墓前。但他一把抓起土块，整个身子就开始摇晃颤抖，仿佛胃里剧烈翻腾就要呕吐。他内心充满对父亲的某种情绪，这情绪不是敌对，而是敌对感使他难以释怀。他张开嘴巴，除了大口大口显得奇怪的喘气，什么都没有吐出来。这令人觉得，无论怎样控制情绪，他似乎永远也走不出来。眼见他情况不妙，哥哥兰迪——那个性格更为果断的儿子，对他积怨也更深的儿子——立刻上前来帮他。他一把从弟弟手里抓过土块，代表他们俩，扔到棺材上。发了言，他就完事了。“安息吧，爸爸。”兰迪说，声音中竟丝毫没有亲切、悲痛、挚爱、失落的意味。

最后一个走近棺材的是他的私人护士莫琳，一望即知她是个勇敢顽强的人，见多了生生死死。当她带着笑，让土块慢慢滑过半收拢的手掌，落到棺材上，那姿势看来就像性爱的前戏。显然，对这个人，她曾经很动心。

葬礼到此结束。没什么特别之处。他们都已说过必须说的话了吗？不，他们没有说，当然，他们都发了言。那天在这个州，上上下下有五百个像他这样的葬礼，常规的，普通的，与其中任何一个相比，他的葬礼并没有多少值得留意之处，除了他两个儿子在墓前那令人捉摸不透的三十秒钟，还有豪伊用那么详尽的细节，让大家重新看到一个仿佛在死亡出现之前就已经存在的纯真世界，看到永驻于他们父亲创造的伊甸园中的生活，看到一个十五英尺宽、四十英尺长、装扮成老式珠宝店模样的天堂。但另一方面，葬礼的普通也是最令人痛苦的，令人再次想到吞噬一切的死亡现实。

几分钟的工夫，每个人都走了——疲惫地含泪走了，结束我们这种生物最不喜欢的活动——把他留在身后。当然，任何人死的时候，总有许多人深感悲痛，也总有人无动于衷，或者觉得松了口气，或者出于种种原因，心头着实高兴。

虽然从十年前的上一次离婚以来，他已渐渐习惯一切靠自己的单身生活，但手术前的那天晚上，他躺在床上，还是竭力回忆每一个曾在病房里等待他从麻醉剂的药性中清醒过来的女人，甚至想起其中那个最帮不上忙的女人——他最后一任妻子。有她在身边，他心脏搭桥手术后的调养就不是什么好事儿。带来美好记忆的，是那个带着亲切的职业精神跟他从医院回到家的私人护士。她满怀热情、全身心投入地照顾他，使他逐渐康复，还在他恢复旺盛的性能力后，背着他妻子，长期与他保持私情。莫琳。莫琳 · 拉扎克。他到处打电话找莫琳。他希望这次出院回家，如果还需要人照顾，她能回来当他的私人护士。但是，都过去十六年了，医院护士处已经和她失去联系。现在她应该四十八岁了，很可能已经结婚生子，昔日窈窕、活泼的年轻女子，已成身材粗壮的中年妇女。与此同时，他为了保持自己无懈可击的男人本色所作的努力，也以失败告终；岁月已将他的身体变成一座仓库，存放着各种防止他衰竭的人造器官。他从未像现在这样要费这么多力气和花招，来驱散死亡带给他的心理阴影。

过了一辈子，他还记得一九四二年秋天妈妈带他去医院做疝气手术路上的情景，那次乘公共汽车不到十分钟的经历。通常，如果他和妈妈外出，总是坐家里的车，由爸爸开车。可那次，公共汽车上只有他和妈妈两个人，他们去的医院也正是他出生的地方。她令他暂时忘却了恐惧，有勇气面对手术。更小的时候，他曾在这家医院摘除扁桃腺，后来就再没回来过。现在他要在这里待四天四夜。他九岁了，是个懂事的孩子，还没出现什么值得注意的成长问题，但是在公共汽车上，他觉得自己变小了，需要依偎在妈妈身边，而他本来以为自己已经长大，不需要再这样。

他哥哥念高中一年级，正在上课，爸爸早在他和妈妈动身去医院前就开车上班去了。妈妈的大腿上放着一只小旅行包。里面有牙刷、睡衣、浴袍、拖鞋，还有几本他带着要读的书。书名他至今仍记得。医院位于当地图书馆分馆的拐角附近，所以要是他把带去医院的书读完，妈妈还可以帮他补充新的读物。出院以后，他还得在家里休养一个星期才能上学，对于因此而落下的课，他比脸上盖麻醉面罩还要焦急，他知道他们要往他脸上盖面罩让他麻醉。在四十年代初，医院还不允许孩子的父母在医院里陪夜，所以他得在妈妈、爸爸和哥哥都不在身边的情况下独自睡觉。对此他也很焦急。

他妈妈谈吐得体，彬彬有礼，他和妈妈乘电梯去手术楼层的儿童病房，一路上碰到的挂号处给他登记的女士、护士处的护士，都像他妈妈一样有风度。妈妈提着他的旅行包，因为在他治好疝气、完全康复之前，他不能拿任何东西，即使旅行包很小。几个月前他发现自己的腹股沟肿胀，他谁也没告诉，只想自己用手指把肿块按下去，以为这样可以没事，而浑然不知疝气到底是什么，离生殖器这么近的位置肿起来会有什么严重后果。

那时候，如果家长不想让孩子做手术，或者没钱做手术，医生还可以让孩子穿金属骨架的围腰。他就知道学校里有个男孩穿着这样的围腰，他不把自己长肿块的事情说出来的一个原因，就是害怕自己也要穿这种围腰，在体育课换短裤的时候被其他孩子看到。

最后他还是向父母坦白了。父亲马上带他去看医生。医生迅速给他做了检查、诊断，跟他父亲谈了几分钟，最后决定让他做手术。每件事情都以惊人的速度飞快进行着，医生——也就是当年将他接生到这个世间的那位医生——向他保证会没事，还拿他们俩都爱看的晚报连载漫画《李尔·阿伯纳》跟他说笑。

据他父母说，这位史密斯医生是本市最好的外科大夫。史密斯医生本名索利·斯莫洛维茨，跟这孩子的父亲一样，也是穷移民家的儿子，在贫民窟长大。

手术排在明天上午做，可他进医院不到一小时，就已经躺在病床上了——当时的病人都得这样。

邻床的是一个刚做完胃部手术的男孩，还不能下床走路。这孩子的母亲坐在床边，握着儿子的一只手。孩子他爸下班后来看儿子时，跟妻子是用意第绪语交谈的，这令他觉得他们不想在儿子面前用所有人都听得懂的英语讲话，是过于担心了。他以前只在一个地方听过别人说意第绪语，就是在珠宝店里，有些战争难民来店里找沙夫豪森手表，这个牌子的手表很难找，他父亲会到处打电话，尽量帮他们问哪儿有卖——“沙夫豪森——我要一块沙夫豪森。”这就是他们的英语程度。当然，那些每个月从纽约来伊丽莎白一两趟的哈西德教派[1]犹太人，也几乎只说意第绪语；他们来为店里的钻石补货——因为对他父亲来说，要在自己的保险箱里大量备货，成本未免太高。战前在美国，哈西德教派的钻石商人要比战后少得多，但他父亲从一开始就更喜欢和他们做生意，而不是跟大的钻石行。来得最多的钻石商，是一个年纪较大、头戴一顶大黑帽、身穿黑长袍的人——这种衣服你在伊丽莎白的街上根本看不到有人穿，连犹太人都不穿——他只花了几年时间，就举家从华沙到安特卫普再到纽约，完成了移民路线。他蓄着胡子和鬓发，把放钻石的腰包藏在带流苏的贴身内衣里，这里头的宗教意义就令我们这位刚开始

1 哈西德教派又称虔敬派，十八世纪中叶诞生于东欧的犹太教神秘主义派别。他们贬低理性和知识，强调人的情感，目的是通过虔诚的祈祷达到和上帝的灵交。

萌生世俗念头的主人公想不通了——事实上，他觉得这似乎很可笑——尽管他父亲解释了为什么哈西德教派信徒还跟两百年前在故国的祖先穿着一样，还保持着差不多的生活方式；不过，他还是向他父亲一遍又一遍地说，他们现在是在美国，想怎么穿就怎么穿，想剃胡子就剃，爱怎么着就怎么着。这钻石商有七个儿子，其中一个结婚的时候，他邀请他们全家到布鲁克林参加婚礼。所有男人蓄着胡子，所有女人戴着假发，男女坐在犹太会堂的两边，被一堵墙隔开——连婚礼后的跳舞都不在一起，婚礼过程中的每桩事情，他和豪伊都讨厌。这钻石商来店里的时候，总是脱下长袍，但仍戴着帽子，跟他父亲两人坐在柜台后面用意第绪语愉快地聊天。他父亲的父母，也就是他的祖父母，移民后在家里仍然跟在美国出生的孩子们说意第绪语，一直到死。不过一到看钻石的时间，这两个人就挪到里屋，那里有保险箱、工作台和棕色漆布地板，还有那扇你即使从里面使劲搭上闩也永远关不严实的门后边空间逼仄的厕所和小台盆。他父亲总是当面付支票。

豪伊帮他父亲一起关门下班——用穿过橱窗的扣锁关上栅栏

门，打开防盗报警器，把锁都扔在前门——然后他父亲就出现在小儿子的病房里，拥抱他。

这时，史密斯医生来做自我介绍了。这位外科大夫穿着一套正式的西装，没穿白大褂。他父亲一看到他进屋就站起身。“史密斯医生来了！”他叫道。

“这位就是我的病人吧，”史密斯医生说，“好啦，”说着来到床边，一手紧紧握着他肩膀，对他说，“我们明天就把疝气给治了，你会活蹦乱跳像变了个人似的。橄榄球你爱打什么位置？”他问。

“边锋。”

“哦，那你不用多久就可以回去打边锋了。你以后可以打任何位置。今晚好好睡一觉，明天早上我再来看你。”

他父亲大着胆子跟这位名医开玩笑，说：“您今晚也好好睡一觉吧。”

晚饭送来了，他母亲和父亲都坐着跟他说话，好像在家里似的。他们轻声说话，以免打搅那个生病的孩子和他的家长——他们现在沉默着，那位母亲还坐在床边，父亲则不停地在床脚踱步，走到外面的走廊里又走回来。有父母在场，那孩子没怎么动。

晚上八点差五分的时候，一名护士把脑袋探进病房宣布探视时间结束。那个孩子的父母又用意第绪语交谈了几句，然后，母亲在孩子额头亲了好几下，两人走出病房。泪水顺着那父亲的脸颊流下来。

接着，他自己的父母也走了，回家在厨房里跟他哥哥吃推迟的晚饭，没有他在场。临走前母亲吻了他，又紧紧抱着他。“你能行，儿子，”父亲说着，也凑近身子亲他，“就好比我派你坐公共汽车跑腿，或者在店里派你活儿干。不管干什么，你从来都不会让我失望。可靠——我两个可靠的孩子！一想到孩子，我激动得连衣服扣子都快绷开了呢。你们干起活来总是像我们从小教导你们的那样一丝不苟，认真、努力。拿着名贵的珠宝来回跑纽瓦克，口袋里装着二十五分、五十分的钻石，小小年纪一点也不露怯。活脱脱就像你在呱呱脆爆米花里面发现什么杂物。嗯，如果那种活儿你能胜任，那么这活儿也不在话下。对你来说这只是换一种工作。干这活儿，完成任务，明天一切就都结束了。铃声响了，上场挥拳吧。

好吗？”

“好。”男孩说。

“明天上午我来看你的时候，史密斯医生会办妥的，这事儿就完了。”

“好。”

“我两个儿子真棒！”

接着他们就走了，留下他一个人和邻床的男孩。他伸手去够他母亲放在床头柜上的一叠书，开始读《瑞士人罗宾逊一家》，又试着读《金银岛》，再是《吉姆爷》。接着，他把手伸到床单下摸摸自己的疝气。肿块没了。根据已有的经验，他知道这疝气块会有几天暂时退下去，不过他相信这回是往好里退，不用动手术就能好。一位护士来给他量体温的时候，他不知道如何跟她说他的疝气消失了，应该把他父母叫来带他回家。她用赞许的眼光看着他带来的书，告诉他可以下床去洗手间，不然也可以舒舒服服地看书，直到她回来关灯。她对那个男孩只字不提，他相信这男孩要死了。

他起初毫无睡意，因为他要等着看男孩的死，接着还睡不着，是因为他不由自主地想起刚过去的夏天被冲上海滩的溺水者尸体。那是被德国潜艇鱼雷击沉的油轮上的水手。海岸警卫队的巡逻艇在离他们住的那栋房子仅隔一个街区远的沙滩边，发现了这具油污中的尸体和船上货物的残片。每年夏天，他们一家四口就在那栋房子里租一套房间住一个月。大多数日子海水很清澈，他不用担心踏进浅浅的海浪时，光溜溜的大腿会碰着溺水者的尸体。可是当他走过沙滩，沉没的油轮泄漏的原油把沙子结成块，粘在他脚底上，他害怕自己会一脚踩在一具尸体上，或是希特勒派来的、刚刚登岸的破坏分子身上。海岸警卫队队员佩着步枪、冲锋枪，（通常）还牵着警犬，在几十英里无人的海岸线上日夜巡逻，防备破坏分子登陆。但还是有些人乘其不备，在当地纳粹支持者的接应下溜了进来，正是通过他们在船与岸之间的情报联络，引导德国潜艇潜入东海岸的航道，在美国参战以后在新泽西海域击沉了多艘船只。战争的距离比大多数人想象的更近，因而恐怖也近在咫尺。他父亲告诉大家新泽西海域是整个美国海岸线上“最倒霉的轮船墓地”，而现在，在医院里，他无法让“墓地”这个词停止折磨他，也无法从脑海中将他和哥哥在木板路上看到的、海岸警卫队在几英寸浅水中捞出的浮尸形象抹去。

睡着以后，他不知何时听到房间里有点吵闹，醒过来看到两张床之间拉起了一道帘子，挡住他看到另一张床，医生和护士在那边忙碌——他能看见他们移动的身影，听到他们轻声耳语。有名护士翻过帘子，发现他醒了，就来到他床前柔声说："继续睡觉吧。明天你可不轻松。""出了什么事？"他问。"没什么，"她说，"我们在给他换绷带。闭上眼睛睡吧。"

第二天一早他就醒了，等着动手术，他母亲已经来了，站在床脚边冲他微笑。

"早上好，亲爱的。我勇敢的孩子感觉怎么样？"

他转头打量邻床，发现床单已经被拿走了。那光秃秃的、包床垫的条纹棉布和两个没有枕套、叠在空床当中的枕芯已经说明了一切。

"那男孩死了。"他说。他这么小就住院够让人印象深刻了，在这个年纪见证死亡却让他更难忘。第一个忘不了的是那具浮尸，第二个就是这个男孩。昨晚他醒来看着帘子后面移动的身影，忍不住想，这些医生在杀害他。

“亲爱的，我相信他是转移到其他病房去了。他得转到楼下那一层。”

正在这时，两个护工出现了，来带他去手术室。其中一人让他先上洗手间，他首先就把洗手间的门关上，看看疝气是不是真的没了。可是那儿又肿起来了。这下，手术是逃不掉的了。

他母亲只能跟着他的轮床送到电梯口，他将由此进入手术室。护工将他的轮床推进电梯间，然后下降，停下，开门正对着一条奇丑无比的走廊，通往手术室。史密斯大夫穿着手术长大褂、戴着白口罩，这副形象把他彻底改变了——甚至可能不是史密斯医生。他可能是完全不同的另一个人，可能不是贫困的移民斯莫洛维茨家的儿子，是他父亲一无所知的人，是没人认识的人，只是踱进手术室拿起一把手术刀的人。在这个恐怖时刻，他们把麻醉面罩盖在他脸上，像是要闷死他似的，他还可以发誓，那个外科大夫，无论是哪位，轻轻说了一句：“现在我要把你变成小姑娘啦。”

度了一个月假，回到家没几天，他开始感到不适。这次度假就跟战前他们全家到泽西海滨度假一样开心。他和那个已经相好两年的情人在玛莎葡萄园岛[1]租了一幢紧挨着马路、似乎摇摇欲坠的半装修房子，度过了整个八月。他们之前从来不敢，也没有机会天天厮守在一起过上一整段日子。这回的同居是一次充满快乐的成功试验，是整天游泳、远足、身心松弛地做爱的美妙一月。他们曾游过一个海湾，躺在别人视线之外、蜿蜒的沙丘中，在大太阳底下野合，然后再起身迅速穿上泳衣，游回沙滩，翻石头捡大把的贻贝，装在盛满海水的桶里带回家做晚饭。

惟一让他不安的时刻在晚上他们沿着沙滩一起散步时来临。幽暗的大海伴随着如雷的轰鸣声翻滚，繁星满天，这令菲比兴高采烈，却让他感到恐惧。繁星分明是在告诉他，他难逃一死，大海的轰鸣近在咫尺——还有海水的狂暴下那最黑暗的噩梦，令他想逃离人终将湮灭的威胁，回到那温馨、明亮、尚未装修好的房子。朝鲜

1　玛莎葡萄园岛位于马萨诸塞州，是避暑胜地。

战争后他在海军英勇服役时也曾面对浩瀚的大海与无垠的夜空，但感受不是这样的——那时他从未想到过丧钟。他不明白怎么会有这种恐惧，但还得竭力不让菲比看出这种心理。今非昔比，现在他可以说自己是生活的主人，为什么还要怀疑人生？为什么他一边冷静、诚恳地想着自己未来更充实的人生，一边却要想象自己身处湮灭的边缘？但每次他们在夜空下沿着沙滩散步，他都会这样。无论怎么看，他既不招摇，没有变丑，也不走极端，那他为什么在这个年纪，要被死亡的想法困扰呢？他通情达理，待人和气，是个亲切、温和、勤奋的人，熟悉他的人可能都会这么认为，当然，被他抛弃的妻子和两个儿子除外，这可以理解。当他最终放弃一段失败的婚姻，到别处去寻找他所渴求的那种男女温存时，他们不可能报以同样的通情达理。

他相信，大多数人都曾认为他很落伍。年轻时他就认为自己很落伍，他是那么规规矩矩，那么缺乏闯劲，从美术学院毕业后没有由着自己性子画画，随便靠什么古怪工作赚钱养活自己——他曾这样暗暗地憧憬，可是他太乖了，是个好儿子，于是他遵从父母的意愿，结婚，生子，进入广告业过安稳日子。他从未想过自己可以不仅仅当一个凡人、一个为了维持一段天长地久的婚姻而付出一切的人。他正是怀着这样的期望结了婚。然而相反，婚姻成了牢狱，于是，经过多少次在工作时、在夜深难眠时曲折复杂的思索之后，他开始痛苦而不懈地找寻自己的出路。难道凡人就不会这样做吗？难道凡人们每天都不会这样做吗？与他妻子对所有人说的情况相反，他并不渴望那种为所欲为、无所不为的放纵的自由。远非如此。他是在憎恶自己所拥有的同时，渴望一种稳定的状态。他不是那种希望同时过两种生活的人。无论顺从父母意愿带来的是限制还是安逸，他都认了。他想要的，仅仅是扫除头脑中婚姻冲突的耻辱所滋生的丑恶念头。他并不要求与众不同。那只会遭受责难、批评，不被理解。他说服自己，为了避免精神分裂地过半辈子，无论他的所作所为使两个无辜的孩子失去什么，作为一个凡人，他最终都可以获得原谅。

令人恐惧的遭遇死亡？我现在才三十四岁！他对自己说，等你到七十五岁的时候，再担心这个问题吧！遥远的未来有的是时间让你对那个终极大限生发痛苦和忧愁！

但是，和菲比一回到曼哈顿（他们彼此住的公寓相隔三十多个街区），他就莫名其妙地犯病了，没有食欲，浑身乏力，还整天恶心，每走一个街区都会感到虚弱、犯晕。

医生查不出他有什么毛病。离婚后他就开始咨询心理分析师。分析师将他的状态归因于他妒忌同为美术指导的同事刚在广告公司晋升为副总裁。

“这令你难受。”分析师说。

他说这位同事比他年长十二岁，是非常大度的合作者，他但愿他更好，但分析师不停地说被他掩藏起来的“深层的妒忌心理”是他感到不适的原因，后来的情况证明这一观点不对，可这位分析师对自己的错误判断似乎泰然自若。

随后的几星期，他去看了好几次医生，往年他一般每几年才为了什么小毛病去找他。但现在，他的体重在下降，恶心也愈发严重。他从未感觉这么糟糕，比离婚那阵子还要糟：当初他离开塞西莉娅和两个孩子，随之而来的是为离婚条件而闹法律纠纷，在法庭上他因为和广告公司新来的文案菲比（原告把她也召到法庭站在证人席上——她委屈、憔悴，似乎觉得自己是在指控萨德侯爵——作为他“数不清的女朋友中的第三十七号”，而事实上，原告把眼光放得太长远了一点，菲比只是第二号）有染而被塞西莉娅的律师概括为“出名的花花公子”。至少那时候还可以为他的悲惨状况找到一个具体的原因。可现在，他一夜之间从一个身体棒极的人莫名其妙地成了有病的人。

一个月过去了。他无法集中精力工作，他停止了晨泳，连食物都不敢看。一个星期五下午，他早早下了班，在没有预约、连电话都没有打的情况下叫了出租车直奔医生办公室。他只给菲比打了个电话，告诉她他要干什么。

“让我住院吧，”他对医生说，“我觉得快要死了。”

医生帮他做了安排。他到医院时，菲比已经在医院咨询台旁等他。到五点钟他被带进一个房间，快到七点，一个高大、黝黑、英俊的中年男子穿着无尾礼服走进来，自我介绍是他的内科医生请来给他看看的外科大夫。他正要赶去参加某个正式活动，去之前想顺便过来迅速检查一下。他的手重重地按在他右腹股沟上。和他定期看的内科医生不同，这位外科医生不断地按，令他疼痛难耐，按得他感到快吐了。医生问："你以前胃疼过吗？""没有。"他说。"那好，是阑尾炎。你要动手术。""什么时候？""现在。"

接着他在手术室里见到了这位医生。他已经把晚礼服脱掉，换上了手术服。"你把我从一个乏味的晚宴中救了出来。"医生说。

他第二天上午才醒来。床头站着菲比，还有他表情凝重的父母。是菲比打电话通知了他们（他们还不认识她，除了听塞西莉娅恶毒的诋毁，听她滔滔不绝的电话倾诉，结尾总是："我真同情这个代替我的小姑娘玛菲特[1]——老实说我真同情这令人作呕的贵格派小娼妇！"），他们马上驱车从新泽西赶来。他尽力辨识身边的人，看到一个男护士似乎在笨手笨脚地往他鼻子里插什么管子，或

1 《小姑娘玛菲特》是一首流传很广的英国童谣，全文为：小姑娘玛菲特／坐在板凳上／吃着乳酪和乳清／来了一只大蜘蛛／坐在她身旁／吓跑了小姑娘玛菲特。

许是在试图把它拔出来。他说了第一句话——“别折腾了！”——接着又失去了知觉。

等到他醒来，他父母正坐在椅子上，仍是一副受了折磨、疲惫不堪的样子。

菲比坐在床边的椅子上，握着他的手。她面色苍白，还挺年轻，柔弱的外表掩藏着沉着与坚定。她丝毫不显得害怕，声音也很镇定。

菲比对身体的痛楚知道得很清楚，因为她有严重的头痛病，二十多岁时还不当一回事儿，等到三十多岁头痛越来越有规律、越来越频繁时，她才意识到是偏头痛。所幸她发作时还能睡着，但是一睁开眼，一恢复知觉，疼痛就来了——脑袋一边奇痛无比，好像有一股力量在挤压她的脸部、下巴，眼窝后面有一只脚在踩她的眼球。偏头痛发作时，即使闭上眼睛还是会看到螺旋形的光、亮斑在眼前旋转，进而就觉得失去了方向感，头昏眼花、疼痛、恶心、想呕吐。“好像你根本不在这个世界上了，”她后来对他说，“我身体一点都没什么，就是头疼得厉害。”他能尽力为她做的，就是把她吐在大汤锅里的东西倒掉，在盥洗室把锅子洗干净，然后踮起脚尖回到卧室，把它放在床头，以备她下次呕吐之用。在偏头痛持续的一两天里，她待在不透光的房间里，身边不能有旁人，哪怕拉好的窗帘下漏进来一点点光线她都受不了。吃药也没用。任何药对她都不起作用。一发作就停不下来。

“我怎么了？”他问她。

“阑尾穿孔。你已经发作一段时间了。”

“严重吗？”他虚弱地问。

“腹膜炎症很厉害。伤口上有许多脓。他们在排脓。你服了大剂量的抗生素。会好的，我们还要像上次那样游海湾。”

真是难以相信。记得一九四三年，他父亲因为未确诊的阑尾炎和严重腹膜炎，病得快要死了。当时他四十二岁，有两个孩子，放下生意在医院里待了三十六天。回到家，他虚弱得连到他们家公寓的那一小段楼梯都几乎爬不上去，后来还是在妻子的搀扶下才从门口走到卧室。他一屁股坐在床沿，第一次当着孩子的面，忍不住哭了。十一年前，他最小的弟弟山米——八个孩子中最受宠的一个——在工程学院读三年级时由于急性阑尾炎而丧命。当时他十九岁，十六岁进了大学，理想是当一名航空工程师。他们家八个孩子，只有三个上到了高中，山米是头一个，也是惟一一个考上大学的。他的朋友都是邻里最聪明的孩子，也都是犹太移民的孩子，他们定期在彼此家中下象棋，热烈讨论政治和哲学问题。他是他们的头儿，是田径队的短跑运动员，也是性格开朗的数学天才。当他父亲在卧室里掉眼泪的时候，口里带着拖腔念叨的正是山米的名字。他惊讶地发现自己又回到了那个当年依靠他供养的家庭。

先是山米叔叔，再是他父亲，现在轮到他——他是第三个阑尾穿孔、腹膜发炎而病倒的。接下来的两天中，他醒了又睡睡了又醒，不知道究竟会遭到山米那样的命运，还是像他父亲那样康复。

他哥哥第二天就从加利福尼亚搭飞机赶来了。他睁开眼就看到哥哥亲切地站在床边，从容，自信，乐呵呵的，这对他很重要，他想，豪伊在这儿，我可不能死。豪伊弯下腰亲了他的额头，当他一坐在床边的椅子上，握着病人的手，时间就停止了，“现在”消失了，他回到了童年，变回一个小男孩，在跟他邻床而睡的哥哥宽容的保护下不用为什么事情担惊受怕。

豪伊待了四天。在这四天里，他有时候飞往马尼拉、新加坡、吉隆坡，然后再回来。他在高盛公司以收账员起步，很快就从信息传递员上升成为货币交易柜台的顶级好手，并开始自己投资股票。最后他的工作就是帮许多跨国公司和外国企业如法国的葡萄酒庄、西德的相机生产商、日本的汽车公司等，把法郎、德国马克和日元套汇变为美元。他经常出差去见客户，并且继续向他看中的公司投资，到三十二岁，他已经赚到了第一个一百万美元。

把父母送回家休息后，豪伊再回来，和菲比一起，陪伴他度过最难熬的那段时间，然后准备等医生确认危险期已过，就马上冲出去办事。最后一天上午，豪伊平静地对他说："这回你可碰到好姑娘了，别再搞砸了，别让她走了哦。"

他怀着转危为安的喜悦，心想，这世上还有人对生命的热爱能像豪伊这样富有感染力吗？还会有比我更幸运的弟弟吗？

他在医院里待了三十天。护士大都是温柔和气、尽心尽力的姑娘，带有爱尔兰口音，她们进来巡视他的时候，似乎永远都有时间闲聊一会儿。菲比每天下班后就径直过来，在病房里吃晚饭；他无法想象，如果没有她，现在他会多么潦倒、虚弱，又该如何面对如此怪异的病症呢？他哥哥根本不用提醒要珍惜她；他从未像现在这样坚定地要和一个人长相厮守。

十月的几个星期流逝而去，他可以看到窗外的树叶渐渐变黄，大夫回来的时候，他问大夫："我什么时候可以出院？我想念一九六七年的秋天。"大夫静静地听着，然后，带着微笑，说："难道你还没明白吗？你差点什么都不用想念了。"

二十二年过去了。二十二年实实在在的健康和因为健康而产生的无穷自信——二十二年不用与疾病和相应而来的灾难为敌。当他和菲比在星空下的玛莎葡萄园岛上散步，他安慰自己，要到七十五岁时才需要担心湮灭的问题。

曾经有一个多月时间，他几乎每天下班后开车去新泽西看望垂死的父亲，结果，一九八九年八月的一个傍晚，他在城市运动俱乐部的游泳池里突然感到呼吸非常困难。大约半小时前他刚从泽西回来，决定先来快游几圈恢复一下身体平衡再回家。通常他都是每天一早来俱乐部游一英里。他极少喝酒，从不吸烟，还保持着五七年从海军退伍回家、刚开始在广告业工作时的体重。阑尾炎和腹膜炎的折磨让他知道，他和任何人一样都可能生大病，但是他这样一辈子保持健康生活方式的人，最后居然要准备接受心脏手术，这好像很荒谬。事情完全不应该是这样的。

但是第一圈他都没法游完就必须靠到泳池边，因为透不过气。他爬上去坐在池边，双腿放在水中，力图镇定下来。他想，透不过气肯定是因为眼睁睁看着自己的父亲病情在短短几天内恶化。可事实是他的病情在恶化，第二天上午他去看医生，心电图上有明显异样，显示出冠状动脉主干严重阻塞。当天他就躺在了曼哈顿一家医院心脏重症室的病床上，因为医生给他拍了一张血管造影照片，断定必须动手术。他鼻子里插着输氧管，无数导管把他和床后的心脏监测仪接在一起。惟一的问题是该马上手术还是等到明天上午。眼下已近晚上八点，还得等待医生决定。然而，不知是晚上什么时候，他被吵醒，发现医生、护士围着他的病床，这场景就像他九岁那年在医院，邻床那个男孩一样。这么多年过去了，他活着，而那个男孩死了——现在，他成了那个男孩。

某种药剂正通过静脉注射进入他的体内，他模模糊糊地明白了，他们正在努力化解危机。他听不清他们在相互咕哝些什么，接下来他肯定睡着了，因为等到他恢复知觉，已经是早晨，护士正把他连同铺盖卷着移到担架床上，送他去手术室。

此时，他妻子——他的第三个也是最后一个妻子——一点都不像菲比，简直就是紧急状况下的危害之源。在这动手术的早晨，她实在无法给他以信心；她一边跟着担架床走一边绞着双手哭哭啼啼，终于忍不住喊出声："我怎么办？"

她还年轻，没经历过什么事，也许她原意是别的什么，可照他理解，她的意思是万一他没能活着出来，她该怎么办。"一件一件来，"他对她说，"首先让我死。接着我就会帮你振作起来。"

手术持续了七个小时。大部分时间他都连着一台心肺机，抽吸他的血液，代替他呼吸。医生移植了五块组织，手术给他留下胸口中间向下的一道长疤，还有一道从腹股沟直到右脚踝——他们就是从这条腿上摘除了阻塞的血管，植入新组织。

他在加护病房恢复知觉的时候，发现咽喉下有一根管子，令他感觉快被梗死了。这个位置装着这玩意儿真可怕，可他又没法跟护士交流这个问题，她正告诉他这里是什么地方，他发生了什么事。然后他就失去了知觉。再醒来时，管子还在，还是让他几乎梗死，不过现在有个护士解释说，只要医生认定他可以自行呼吸，这管子就马上拿掉。接着眼前出现的是他年轻妻子的脸，欢迎他回到生者的世界，可以继续照顾她。

他去医院的时候只留给她一个任务：去看看停在街上的车子有没有被拖到一个街区之外的公共停车库里去。结果证明这是个她疲于应付的任务，后来他得知，她还是找了他的一个朋友帮忙才解决了这件事。他没有意识到他的心脏科医生对医务之外的事情观察力也很强，等到他在医院里的康复期过半，医生来看他，说如果他回家以后是由他妻子负责照顾，那他就不能出院。“除非不得已，我可不喜欢说这种话，她跟我也不相干。不过她来探视的时候我就观察她。这个女人在与不在没多少区别。没别的，我得保护病人。”

这段时间，豪伊来了，从欧洲飞回来。他去欧洲既为了生意，也为了打马球。他现在会滑雪，会双向飞碟射击，会打水球，还会骑上马驹打马球，通过这些上流社会的流行运动而掌握品位的鉴赏力。很久以前，他在伊丽莎白市那所招收中低收入中产阶层子弟的高中念书，和那些出身于爱尔兰天主教和意大利家庭的、父亲在港口码头上干活的孩子一起，秋天打橄榄球，春天练撑竿跳，与此同时，他始终保持优异成绩，高中毕业后努力申请到了宾夕法尼亚大学的奖学金，然后到沃顿商学院读工商管理硕士。虽然父亲在新泽西州的医院病得快死了，弟弟在纽约的医院动完心脏手术尚在康复中，虽然他这个星期就是在这张病床与那张病床之间奔波，豪伊的精力却丝毫不减，鼓舞人心的本事同样不减。三十岁的健康妻子果真没有能力给予五十六岁的生病丈夫的照顾，豪伊欣然取而代之，甚至有过之而无不及。是豪伊提议雇两个私人值班护士——白天班的莫琳·拉扎克和夜班的奥丽芙·帕洛特——取代那个最终被他称为“超级没用的封面女郎”的女人，并且，他不顾弟弟的反对，坚持要自掏腰包付这笔费用。“你病得差点没命，去地狱转了一圈呐，”豪伊说，“只要有我在，就不允许任何人、任何事情干扰你的康复。这只是保证你快快好起来的礼物嘛。”她们正一起站在病房门口。豪伊伸出肌肉鼓鼓的胳膊绕着弟弟的肩膀说。尽管他本意是故作轻松地摆出一副完全能控制情绪的样子，但是当他说“失去妈妈和爸爸，我只能接受。但我决不接受失去你”时，他的脸——跟他弟弟就像是一个模子刻出来的脸——却难以掩饰感情。然后，他离开这里，找到他那辆正在楼下等候的豪华轿车，赶去新泽西的医院。

奥丽芙·帕洛特，值夜班的护士，是个身材高大的黑人女子，举手投足的样子和身材令他想起埃丽诺·罗斯福[1]。她父亲在牙买加拥有一个鳄梨树种植园，她母亲有一本梦境书，每天早上都要把

1 埃丽诺·罗斯福（1884—1962），美国总统富兰克林·罗斯福的妻子。

孩子们做的梦记录下来。在他因为身体不适而难以入眠的夜晚，奥丽芙就坐在床脚边的沙发上，跟他讲她小时候在鳄梨园里的纯真往事。她说话带有西印度群岛口音，声音挺可爱，自当年那次疝气手术后他母亲坐着跟他说话以来，还没有一个女人能像奥丽芙这样抚慰他的心。除了问奥丽芙几个问题，他一直沉默不语，昏昏沉沉地对自己还活着心满意足。结果证明他幸亏及时治疗：他入院就诊的时候，冠状动脉百分之九十至九十五已经阻塞，一场严重得极可能要命的心脏病差点就发作了。

莫琳是个体态丰满、总是面带微笑的红头发女人，在布朗克斯区一个没多少教养的爱尔兰、斯拉夫人混血家庭中长大，因而说话直来直去，还带有一种工人阶级粗人的镇定。她刚来的那个上午，他一见到她，情绪就好了起来，尽管手术后的疲劳感十分强烈，以至于连剃须这样的事情——哪怕只是坐着而不是站起来剃——都令他精疲力竭，并且他第一次下床，在她的陪伴下走完医院长廊，都累得只能回到床上大睡一觉。在他有力气跟他父亲的医生直接对话之前，都是莫琳替他问候病危父亲的状况，再向他转告。

豪伊还替弟弟事先做主，等他出院回家后，至少头两个星期仍由莫琳和奥丽芙照顾（费用还是由豪伊出）。豪伊并没有征询他妻子的意见，所以她对这一安排以及其中暗含的她没有能力照顾他的意思十分恼怒。她尤其怨恨莫琳，后者几乎毫不掩饰对这位病人家属的蔑视。

他回到家过了三个多星期，疲劳感才逐渐消退，他甚至觉得可以考虑回去工作了呢。但是晚饭后，他还得回到床上，就因为傍晚吃力地坐在椅子里吃饭。早晨，他也得僵坐在塑料小矮凳上，给自己洗淋浴。他开始跟着莫琳做动作幅度不大的柔软体操，并且争取每天下午和莫琳一起散步时多走十码路。莫琳有男友，她谈起过，是电视摄像师，她指望着他找着一份安稳的工作就嫁给他。一天的工作结束，她喜欢下班后到她所住的约克维尔区附近拐角上的酒吧，和周围经常泡吧的人一起喝两杯。天气很怡人，他们走出家门后，他好好打量了一番她穿着紧身马球衫、短裙和凉鞋的模样。男人们总是盯着她看，如果是拿暧昧的眼神挑逗她，她也不惮于摆出一副恶狠狠的样子瞪得对方低下头。有她在身边，令他觉得自己日渐健康，并且散完步回到家，对任何事情都感到畅快，当然，醋意大发的妻子对他可不畅快，她常常把门关得砰砰响，有时候还会在他和莫琳大模大样地踱步进来片刻以后，夺门而出。

他不是第一个爱上护士的病人，更不是第一个爱上莫琳的病人。多年来，她有过好几次恋情，其中有几次相好的男人情况比他还要糟糕，但像他一样，他们在莫琳充满活力的帮助下，完全康复了。她的本事就是让病人仍然抱有希望，希望之大，令他们非但没有闭上眼睛逃避世界，反而睁大眼睛，注视着她容光焕发的样子，人也跟着年轻起来。

他父亲去世的时候，莫琳陪他一起去了新泽西。他还不能开车，因此她自告奋勇送他去，并且帮助豪伊和联合县的克雷泽殡仪馆商谈安排葬礼的事宜。他父亲在人生最后十年皈了教，退休、丧妻之后，还养成了每天至少去犹太会堂一次的习惯。在最后一次病倒之前，他早已请求拉比用希伯来语从头至尾主持他的丧礼，好像希伯来语是与死亡最相称、最一致的语言。对他父亲的这个小儿子来说，这种语言什么都不是。他十三岁——也就是在礼拜六行成人礼[1]后的礼拜天——就跟豪伊一起，不把犹太教当回事儿了，从那时起就不曾踏足犹太会堂一步。填入院登记表时，他在“宗教信仰”那一栏就空着没填，他怕填上“犹太教”会招致某位拉比跑来用拉比的那套说辞跟他说话。他很早就认定宗教是一种谎言，所有宗教都具攻击性，他认为他们那些迷信的蠢话毫无意义，幼稚可笑，他受不了这种彻头彻尾的未成人状态：那种如婴幼儿的对话、正义感、羔羊般的教友和热切的信众。关于死亡和上帝的胡言乱语，关于老掉牙的天堂幻想，他一概不接受。只有我们的身体，由我们之前那些生生死死的身体决定我们生存、死亡条件的身体。如果说他已经为自己找到了一个安身立命的哲学环境，那么身体就是这个环境——他很早就本能地领悟到这一点，无论多么原始，它就是整个环境。他要是写自传，会给它取名“一个男性身体的生与死”。但是，他退休后想画画，而不是写作，于是他把这个

1　成人礼在犹太男孩十三岁生日过后的那一天举行。根据犹太人的法律，十三岁被认为是男孩开始承担宗教义务的年龄。在成人仪式上，这个男孩要在宗教集会上当众发言，强调自己已经成年。

题目给了他的一组抽象画。

但是，无论他相信什么，不相信什么，都无法改变到泽西收费高速公路出口附近那个破败的墓园，将父亲安葬在母亲旁边的那一天。

家人们穿过大门来到破旧的十九世纪墓园最初的园地。大门上方有一个拱顶，上面用希伯来文铭刻着墓园联合会的名字；拱顶两端都刻着一个六角星。大门两根柱子的石头断了，并且因为时间的摧残与人为的破坏而成了碎屑，弯曲的铁门带着一把生锈的锁，已从铰链脱落，嵌入地面数英寸，不必推门就能进出。他们经过一座座方尖碑——上面刻着希伯来文经文和埋葬在方尖碑底座旁的家人姓名——碑石也经受不住数十年的风吹雨打而风化了。在一排排拥挤、笔直的墓碑最前面，是这片古老区域里的一座小型砖砌陵墓，用金银丝细工装饰的钢质门和原本的两扇窗（在为墓主举行葬礼的时候，窗上应该还镶嵌着彩色玻璃）已经用混凝土块封了起来，以防更严重的人为破坏，这样，这小小的方形建筑看起来更像一个荒废的工具房或者弃用的室外厕所，而不是一个与有钱有势的名门望族地位相当、为他们死去的亲人建造的长眠之地。他们在笔直的墓碑中慢慢穿行，大多数墓碑上刻着希伯来文，但也有一些刻着意第绪文、俄文、德文，甚至匈牙利文。墓碑上大都刻有大卫星[1]，没有的则刻着更为复杂的装饰图案，一双合十祷告的手，一把带把手的罐壶，或者一个五枝状大烛台。他们经过一些幼童、婴儿墓——虽然没有二十多岁就去世的年轻女人（她们很可能是分娩时死的）的墓那么多，但也有好几座——偶尔会看到墓碑顶上有羊羔的雕像，或者装饰着形若一根树干上部被锯掉的浮雕。他们排成一溜，沿着早先的墓园蜿蜒、崎岖、狭窄的小道，向新的、公园般的北部区域走去，葬礼将在那里进行。只要看看这小小的、由伊丽莎白市最受爱戴的珠宝店已故店主那集体观念很强的父亲和别人一起在伊丽莎白和纽瓦克交界的这片田野中建造的犹太人墓园，就可以计算

1　又称六芒星，是犹太教和犹太文化的标志。

出在一九一八年那场夺走一千万人生命的流感中，这里有多少人丧生。

一九一八年，只是将使二十世纪永远拥有黑色记忆的、哀鸿遍野、鲜血淋漓的恐怖年代中可怕的一年。

他和二十四五位亲戚站在墓旁，女儿在他右边，紧握他的手，两个儿子在他身后，妻子在他女儿身旁。仅仅是站在那里承受父亲之死的打击，对他的体力显然也是一种惊人的考验——好在豪伊就在他左侧，一只手臂紧紧搂着他的腰，避免任何不测发生。

要知道如何对待他母亲或父亲才好，从来都不是难事。他们就是一个母亲，一个父亲。他们几乎没有其他愿望。但是他们的身体所占据的空间现在已经空荡荡。他们一生依存的实体消失了。他父亲的棺材——一个纯松木匣子——被带子绑着缓缓放入其妻子棺材旁为他挖好的坑。在那里，这死去之人将度过比他在店里卖珠宝还要长的时间，时间之长根本不容嘲笑。他于一九三三年次子出生那一年开办了这家店，然后在一九七四年甩手不干，这期间他已经向伊丽莎白居民前后三代人卖过订婚、结婚戒指。一九三三年他如何四处乞求筹集资本，一九三三年他如何找到顾客，对儿子们来说始终是个谜。但正是为了他们，他才放弃了在斯普林菲尔德大街上的那家阿贝尔森氏钟表行欧文顿分店手表柜台的工作，在那里，他每周一、三、五、六从上午九点干到晚上九点，二、四从上午九点到下午五点。辞职后，他在伊丽莎白创办了这家十五英尺宽的小店，在展示橱窗上用黑体写上“钻石—首饰—手表”的字样，下面用小一号的字体写：“钟表、首饰精修”。在三十二岁的年纪，他终于开始每周工作六七十个小时，为自己的家庭而不是为莫·阿贝尔森氏钟表行奋斗。为了吸引伊丽莎白人口庞大的劳工阶层顾客，并避免因为他的犹太名字而疏远或吓跑这座港口城市成千上万定期去教堂的基督徒，他不加限制地推行赊账服务——只要他们先付至少百分之三四十的货款为定金。他从不核查他们的信用记录；只要他从中收回成本，他们就可以以后慢慢偿还，每周付几美元，不付也没关系，他真的不太在乎。他从未因为赊账而入不敷出，他这种灵活的做法所形成人们彼此的善意，可比赊账更值。他拿出一些镀银的物品来装点店面，吸引人光顾——诸如茶具、托盘、平底锅、烛台等售价低得简直像是白送的物品；到了圣诞季节，他总在窗子上贴上带有圣诞老人的雪景图。不过天才之举在于，他不以自己的名字给小店命名，而是叫做“凡人珠宝店”。整个联合县，成群成群成为他忠实顾客的普通百姓都知道这个名字，直到他在七十三岁的年纪把店里剩下的库存卖给批发商，宣告退休。“劳动人民要买一颗钻石可是一件大事，”他告诉儿子们，“不管钻石多小。妻子戴上它既可以显得更漂亮，又能显示自己的地位。要是她戴了，那她丈夫就不仅仅是管子工——他还是一个让妻子戴钻石的男人。他妻子拥有了一样永恒不朽的东西。因为在增添美丽、显示地位价值之外，钻石是永恒不朽的。世间一块不朽之物，平凡女人手上也能戴！”

为什么他要离开阿贝尔森氏这家即便在经济崩溃、大萧条时期最惨淡的年份里他依然有幸拿得到薪水的老东家，为什么他敢于在这么糟糕的时代自己创业开店，原因很简单：对每一个问他甚至不问他的人，他解释道：“我必须给两个儿子留点什么吧。”

坟墓一侧有两把笔直的铁铲，铲头直直插进一大块土里。他本以为是掘墓工人留在那里的，事后他们还得把坟墓填平。他曾想，如同他母亲的葬礼那样，每个追悼者会上前几步走到墓坑边，往棺材盖上投一块泥土，然后全都告辞，开车离开。但是他父亲请了拉比按照传统的犹太教仪式进行，而此刻他才发现，那些仪式是要求由追悼者，而不是由墓园派人或任何不相干的人来埋葬逝者。拉比事先已跟豪伊说过，可豪伊不知何故并没有告诉他，所以，他惊讶地看到哥哥一身挺括的黑色西装，内着白色衬衫配以深色领带，脚上一双锃亮的黑皮鞋，走过去拔起铲子，掘了满满一铲子土。然后，郑重其事地走到坟头，站在那里想了片刻，铲子稍向下一斜，泥土便缓缓卸下。一碰到棺材木盖，便发出那种直入心魄的声音，任何其他声音都无可比拟。

豪伊又挥动铲子，铲头没入大约四英尺高、摇摇欲坠的金字塔形土堆。他们得把这些土都铲回坑里，直到把他父亲的坟填平，跟旁边墓园的地面齐平为止。

搬运这个土堆花了将近一个小时。亲朋好友中上了年纪的人不能挥动铲子，便抓起一把泥土往棺材上撒，也算出一份力。他自己所能做的也莫过于此，于是重体力活就落在豪伊、豪伊的四个儿子以及他的两个儿子身上——这六人都在三十岁上下，个个魁梧强壮。他们两人一组站在土堆旁，一铲一铲地，将堆起来的土填回坑里。每隔几分钟换一组人，他一度突然觉得，这个任务仿佛永远不会结束，他们仿佛永远都要在这里埋葬他父亲。他要尽最大努力使自己像他哥哥、儿子、侄子们一样投入地参与这种直接的、残酷的埋葬，所能做的就是站在坟墓边，看着泥土逐渐包住棺材。他一直看，直到泥土快漫过棺材盖——这上面只刻了一颗大卫星作为装饰——他接着看，看泥土开始铺满棺材盖。他父亲不仅仅是躺在棺材里，还是躺在那么多泥土的重压下，他忽然看到父亲的嘴巴，好像并没有棺材，好像他们投进墓坑里的泥土直接落在他身上，填满他的嘴，蒙蔽他的眼，堵塞他的鼻孔，隔绝他的耳朵。他想叫他们停手，命令他们到此为止——他不想让他们盖住他父亲的脸，阻断他吸收生命力的通道。从我出生起，我就一直看着这张脸——不许掩埋我父亲的脸！可是，这些强壮的小子，他们已经找到了自己的节奏，既不能停，也不愿意停，即使他蜷起身子自己跳进坟墓命令葬礼终止，他们也不会停。现在没有什么事情可以阻止他们。他们只会继续铲土，把他也埋了，如果要完成这个任务必须这么做的话。豪伊站在一边，额头沁满汗水，看着六个堂兄弟矫健地干完活，目标明确，速度惊人，不像是一场过时葬礼上背着沉重包袱的追悼者，而像是老派的工匠在朝炉子添柴火。

许多年长者此时都在流泪，相互扶持。土堆消失了。拉比走上前，双手认真地抹平地面，然后用手杖在松软的土上画出坟墓的范围。

他眼看着父亲一寸一寸地从这世界上消失。他被迫从头到尾参与全过程。这就像第二次死亡，可怕程度丝毫不亚于第一次。他突然一阵激动，思绪穿过层层人生的沉淀，来到在医院里的那些时刻，父亲先后第一次抱起襁褓中的三个孙辈，带着同样克制着喜悦的生动眼神端详，先是兰迪，再是隆尼，最后是南希。

他站在那里看着手杖在地上画的线，好像是给小孩做游戏用的。南希张开双臂抱着他，问："你没事吧？"他紧紧抱着她，说："嗯，我没事。"接着他叹了口气，还笑了，说："我现在算是知道被埋葬是怎么回事了。到今天才知道。""我这辈子还没经历过今天这么令人心寒的事。"南希说。"我也没有，"他对她说，"该走了。"他和南希、豪伊走在前头，带领着追悼者缓缓离开，尽管他还无法将今日所见所想从自己心里清空；双脚在往外走，心还是盘旋回来。

他们还在填平坟墓的时候刮起了风，所以，在他们离开墓园许久、回到纽约后，他的嘴里依然带着泥土的味道。

接下来的九年时间里，他的身体很稳定。有两次冷不丁地出现病情急转的危险，但与当年邻床的男孩不同，他逃过了厄运。接着到了一九九八年，他的血压开始升高，药物治疗也没什么用，医生诊断他肾动脉里有栓塞，所幸迄今只是对肾功能有一点影响。于是他住院做血管成形术。幸运再次降临，通过在股动脉穿孔插入一根连接在导管上的支撑管，经大动脉到栓塞处，问题就解决了。

他六十五岁，刚退休，迄今离婚三次。他可以用医疗保险[1]，开始领取社会保障金，并且要坐下来跟律师谈设立遗嘱的事情。立遗嘱——这是人衰老乃至死亡过程中的大事，先是起草遗嘱，然后，随着时间推移，更新，修改，再是经过慎重考虑后的重写。几年以后，他终于执行了“九一一”事件刚发生时他对自己许下的誓言，从曼哈顿搬到泽西海滨的“海星沙滩”退休养老社区，那里离他们一家过去每年夏天度假所住的海边小镇只有一两英里远。“海星沙滩”的共管式公寓是一幢幢漂亮的、木瓦屋顶的单层房子，大窗户，玻璃滑门，面向后面的室外露台；八个单元的公寓连在一起，构成一个半圆形的住宅群，包含一片灌木园和一个小池塘。供五百名住在社区的老年居民使用的设施覆盖一百亩的土地，里面有

1 根据美国社会保障局实施的方案，由社保局向医院和医生支付为 65 岁以上的美国公民提供医疗服务所需的费用。

网球场，一个带盆栽棚的公共大花园，一个健身中心，一家邮局，一个带会议室的社会活动中心，一个陶艺工作室，一家木工商店，一座小型图书馆，一间有三台终端、共用一台打印机的电脑房，还有一个大房间，既可以办讲座、举行表演，也可以让刚从国外旅行回来的夫妻放映幻灯片。在这个小区中心位置有一个奥运会规格大小的室外温水游泳池，以及一个室内小型游泳池，小区主干道尽头的中型购物商场里，有一家还算不错的餐厅，还有一家书店，一家酒肆，一家礼品店，一家银行，一家股票交易所，一个房产中介网点，一家律师事务所，还有一个加油站。去超市开车一会儿就到，如果像大多数居民一样步行，你轻轻松松走个半英里就能走到海边的木板路，再下去就是宽阔的海滩了，在那里，整个夏天都有救生员值班看守。

他一搬进养老社区，就把他那套三居室公寓中光照充足的起居室变成了画室，这样，每天花一小时在木板路走完四英里的路程，他一天剩下的大部分时间都在高高兴兴地画画，以此来满足自己长期的抱负，这日复一日的固定安排还是能够激发出他所期望的兴奋的。他对纽约毫无挂念，除了南希——只要有这孩子在他身边，他无时无刻都感到高兴，而此时，她也已经是带着两个四岁孩子的离婚女人，失去了他所希望的那种保护。女儿的离婚带来的结果是，他和菲比，整天都忧心忡忡、过不踏实，于是介入了女儿的生活，各自和南希住一段时间。自从南希去中西部上大学以来，他们还没这么长时间和她住在一起过。她就是在那里碰到了那个诗人，她未来的丈夫。他研究生毕业，公开鄙视商业文化，尤其是她父亲那一行当。可他又发现自己再也不是那对沉静、深沉、爱听室内乐、闲暇时读书的夫妻中的另一半，而是一对双胞胎的父亲，他发现自己无法忍受这样一个小家庭里家务的喧闹杂乱——尤其对于一个需要秩序和清静来完成长篇小说处女作的人来说，更是如此——于是他怪罪于南希，认为是她喋喋不休地抱怨他妨碍她施展母性而导致了家庭不和。下班以后，或者到了周末，他越来越频繁地不回家，躲开局促的公寓里那两个他自己犯傻造出来的小东西吵个不停地要这要那而造成的混乱场面。最后他突然甩手不干，离开出版社，也放弃他作为父亲的角色，他必须了无牵挂地回到明尼苏达，去恢复他清醒的头脑，重新思考，同时尽可能逃避责任。

如果她父亲能说了算，南希和她的双胞胎儿子也可以搬到海滩住。她可以沿着泽西公路线开车往返上下班，把孩子交给保姆和婴儿看护员，这样开销只要纽约的一半，他因为住得近，也可以搭把手照顾他们，去幼儿园接送，去海滩边玩的时候看着他们，等等。父女二人可以每周一起吃顿晚饭，周末一起散散步。他们都住在美丽的海边，就能远离基地组织的威胁。双子塔倒塌的第二天，他就对南希说："我对逃命有一种根深蒂固的爱好。我要离开这儿。"才过了十个星期，十一月底，他走了。在海滩边住的最初几个月，女儿和两个外孙可能命丧恐怖袭击的念头一直折磨着他，虽然到了那里，他倒不用为自己焦虑，也摆脱了那种无来由的涉险感，自从这场大灾难让每个人没有了安全感、每个人生活时时都如惊弓之鸟，这种涉险感每天都如影随形。他所做的，只是按照一般常理尽其所能活着，并且像几乎所有人一样，他永远都不希望生命的终点哪怕提前一分钟到来。

插入支撑管消除肾动脉阻塞的手术后第二年，他又动了一次疏通血管严重阻塞的手术。这回阻塞是在左颈动脉——这是连接大动脉和脑颅、向大脑送血的动脉之一——一旦阻塞，可能引起中风，造成残疾，甚至猝死。手术从颈部切开，向大脑供血的动脉被阻断，暂停血液流通。然后，大夫切开动脉，将导致阻塞的斑块切除取出。如果不是单独面对这么细致的手术，他会感觉好些，但是南希既要工作，又要照看没有伴侣可以搭把手照顾的孩子，难以分身，而且当时，他这辈子认识的人里没有一个他可以求助。他也不想打乱他哥哥忙碌的日程安排，告诉他自己手术的事情，令其担心，更何况要是不出现并发症，他手术后第二天就会出院。这并不是腹膜炎病危或者五连搭桥手术——从医学角度，这是一个很平常的小手术，或者说他就这么认为，因为那位亲切的主刀医生向他保证，颈动脉内膜切除术只是普通的血管外科手术程序，只要一两天他就能回到画板前了。

于是他起了个大早，独自开车去医院，来到外科手术楼层一个四壁都是透明玻璃的等候室，里面还有十一二个穿着病号服、预约好今天第一批做手术的人。一直要到下午四点钟以后，这间房间里的人才可能不会像现在这么多。大多数病人会从另一头平安出来，当然，也有那么几个，过了几个星期也许就不行了。不管怎样，他们读着早晨的报纸打发时间，被叫到名字的人就起身去手术室，把手中的报纸交给随便哪个想看的人。从这房间里的镇静气氛看，你会以为他们正在等着理发，而不是要把和大脑相连的动脉切开。

有一段时间，坐在他旁边的男人把当天报纸的体育版递给他后，开始轻声和他说话。他大概才五十岁上下，可肤色苍白、声音中气不足，发虚。“先是我母亲死了，”他说，“六个月后我父亲也死了，又过了八个月，我惟一的姐姐死了，一年后，我的婚姻完了，我妻子带走了我所有的东西。正是在那个时候我开始想象有人过来对我说：‘现在我们要把你的右臂切除。你能接受这个现实吗？’于是他们砍了我的右臂。后来他们又来说：‘现在要切除你的左臂。’切除完，有一天他们又跑来说：‘你现在想放弃吗？受够了吗？要么我们继续，从你的腿开始砍？’我始终在想，什么时候，我什么时候放弃？我什么时候打开煤气，把脑袋搁在烤炉上？到什么时候才算够？我就是在这样的悲伤情绪中度过了十年。花了十年时间。现在这种悲伤终于结束了，这该死的东西又发作了。”

轮到他时，坐在他旁边的家伙伸手过来取回了体育版。护士像牧羊人一样带他进了手术室。室内，在刺目的灯光下，有六个人正在忙忙碌碌地为他的手术做准备。他分不清哪个是主刀医生。要是能看到主刀医生和蔼的脸，他会感觉放心一点，但是眼下，主刀医生也许还没进来，又或者是在哪个他看不太清的角落里。好几名年轻些的医生已经在戴口罩了，他们的眼神令他想起恐怖分子。其中一人问他想要全身麻醉还是局部麻醉，就像是一个服务生问他想要红葡萄酒还是白葡萄酒。他感到困惑——为什么到这个时候才决定做哪种麻醉?“我不知道。哪种更好?”他说。“对我们来说，局部麻醉比较好。如果病人清醒着，我们可以更好地监控大脑工作。”“你是在说这种方式更安全?你是这个意思吗?那我就做这个吧。”

这是个错误，一个几乎难以忍受的错误，因为手术持续了两个小时，他的头上盖着一块布，令他恐慌，手术中的切割、摩擦距离他的耳朵太近，他能听到他们拿手术工具的每一个举动，就好像他在一个回声室中。可什么都做不了。没有抗争可以施展。你接受了，就得忍受。只要手术没结束，你只能把自己豁出去任其摆布。

那个晚上他睡得很香，第二天感觉很好，到了中午，他谎称有个朋友正等在楼下接他走，获准出院后就直奔停车场，小心翼翼地自己开车回家。回到公寓楼，一坐在画室里看着他很快就又能开始作画的画布，他大哭起来，就像当年差点要了他命的腹膜炎康复后回到家，他父亲的模样。

可是现在，非但没有结束，它还在继续；现在离他上次就医还不到一年。他的父母寿命都很长，比他大六岁的哥哥健康得仿佛还像当年带着球去托马斯·杰弗逊高中的样子，而他，才六十多岁体质就开始垮了，身体仿佛随时都在遭受疾病的威胁。他结过三次婚，有过几个情人，生过几个孩子，有过一份他既感兴趣又能从中获得成功的工作，但是现在，逃避死亡似乎已经成了他生活的中心事务，并且活生生地破坏着他完整的故事。

做颈动脉手术后的第二年，他拍了一次血管造影照片，医生从中发现由于一根移植血管阻塞，他的心室后壁发生过一次没有知觉的心肌梗死。他对这一消息十分震惊，不过所幸的是南希已经坐火车过来陪他上医院，她的安慰也有助于他情绪恢复稳定。然后医生才开始做血管成形术，先用充气囊将产生新的斑块沉淀的左前降支冠状动脉撑开，再将一根导管插入动脉。他躺在手术台上可以看到导管扭动着插进冠状动脉——他打了最小剂量的镇静剂，因而可以看着监控器了解整个手术过程，就好像这个身体不是他的。一年后，他又做了一次血管成形术，在一根开始变窄的移植血管中植入一个支撑管。接下来的一年中他还一次性植入了三根支撑管——这次是为了对付动脉阻塞，医生后来告诉他，阻塞的位置使整个手术没少折腾。

每次手术，为了转移注意力，他都要回想他父亲的商店和作为授权经销商销售的九个手表、七个钟的品牌名称；卖这些钟表，他父亲赚不了多少钱，但还是采购来，因为它们都是长销品，还会把大街上看橱窗的潜在顾客吸引进来。每一次做血管成形术时，他就是这样使用这些记忆种子的：他不搭理医生、护士之间为手术做准备时必不可少的嬉笑打趣，不搭理充斥房间中的摇滚乐，在这间寒冷、无菌的手术室，他被固定在手术台上躺着，周围森森然摆着抢救心脏病患用的机器设备，他们一开始在他的腹股沟打麻醉、扎破皮肤将导管插入动脉，他就低声背诵起自己当年放学后到店里帮忙时按照字母顺序记住的手表品牌，从而分散注意力——“Benrus, Bulova, Croton, Elgin, Hamilton, Helbros, Ovistone, Waltham, Wittnauer”——他一边吟诵，一边努力想象手表表面上各种数字刻度的独特式样，从一转到十二，再从一转到十二地想下一种。然后再背诵钟的品牌名——“General Electic, Ingersoll, McClintock, New Haven, Seth Thomas, Telechron, Westclox”——回想发条钟的滴答声，电子钟的嗡嗡声，就这么想着想着，终于听到医生宣布手术结束，一切顺利。医生的助手按住伤口，又在他的腹股沟上放了一只沙袋防止流血，压着这样的分量，接下来的六个小时里他只能躺在病床上一动不动。很奇怪，像这样的动弹不得是这次手术最令他糟心的地方——在这段极度漫长的时间里，千百种想法不召即来，在他脑海中奔腾——但翌日早上，如果整夜安然无事，医院会送来一碟他不能吃的早餐让他看一眼，还有一份血管成形术术后他得遵守的医嘱，到中午十一点，他就可以出院了。三次手术后，他都是一回到家就赶紧脱光衣服冲一个他迫切想要的热水澡，这才发现做心电图的两片电极垫还粘在身上，因为帮他伤口拆线的护士忘了把它们从他胸口上剥下来，扔进垃圾桶。一天早晨，他在淋浴时低头看，发现护士居然连静脉注射针都没从他青一块紫一块的前臂上拔出来，他们把这玩意儿称作“肝素帽”，于是他只好穿上衣服，开车回到春湖镇的内科医生那儿，把这玩意儿拔掉，以防细菌感染。

那个一次性植入三根支撑管的手术后第二年，他又一度打了麻醉剂躺在手术台上，永久性植入一个心脏去纤颤器，用以防止他病情恶化危及生命，以及心脏后壁的结疤和低射血分数造成致命的心律不齐。这去纤颤器是一个窄窄的、打火机般大小的金属盒；就安在上胸部的皮肤下，离左肩几英寸，它的引线连着他脆弱的心脏：如果出现危险的心律不齐，它随时准备释放电流矫正其心跳频率，搅乱死亡降临的步伐。

这次手术南希还是陪着他，后来，当他回到病房，拉下病号服的一边给她看胸口凸起的一块，也就是那个去纤颤器时，她不忍心看，别转脸去。“亲爱的，”他对她说，“这东西是保护我的——没什么可难过的。”“我知道它是保护你的。我很高兴还有这样一种东西能保护你。看见它真令人惊奇，因为，”说到这里她也觉得自己这安慰人的谎话说得太离谱，她说，“因为你总是这么年轻。”“嗯，有它比没它更年轻。以后我想做什么就做什么，再也不用担心心律不齐要我的命啦。”可是她为自己的无能为力而情绪低落，泪水不禁流下她的脸庞：她多么希望爸爸还是她在十岁、十一岁、十二岁时候的那个样子，说话顺溜，动作灵活——他也希望如此啊。她所希望的热切程度肯定不及他，不过，在那一刻，他发现自己比她来得更容易接受悲哀。很想柔声说点什么抚慰她的担心，就仿佛，她再一次，成为两人中更脆弱的那一个。

他始终牵挂着她，也不明白这样一个好孩子怎么碰巧就成了他的女儿。未必是他做了什么正确的事才有了这个结果，即使菲比做了。是有这样的人，特别是好人——堪称奇迹——他的运气太好了，赶上了其中一个奇迹，那就是他永不变心的孝顺女儿。当他环顾周围，看到有些父母伤心而失望的样子——就像面对两个儿子时的他，他们那样子就好像自己的遭遇过去没有、将来也不会发生在别人头上——他感到惊讶，也惊讶于能有一个在各方面都拔尖的孩子。有时候，好像除了南希，一切都是错误。所以他担心她，每每经过女装店，他毫无例外总会想到她，然后拐进去看看有什么她可能会喜欢的东西，心想，我福气真好，又想，有些美德总得有个地方体现出来，那就体现在她身上。

此时，他在回忆她当田径明星的那段短暂日子。南希十三岁时，在她那所女子中学的两英里长跑比赛中得了亚军，这让她看到自己可能在某个领域脱颖而出的希望。她在其他方面也样样都好，不过这是另一种成名之路。他暂时中断了早晨到俱乐部游泳的习惯，一大早就跟她一起跑，有时，也在月色渐暗的夜晚跑两小时。他们去公园跑，只有他们俩和影子，灯光。那时她已经入选校队，一次比赛中，她在转弯道时一个踉跄，痛苦地摔倒在跑道上。接下来发生的事情可能会经常发生在一个刚进入青春期的女孩身上——

因为孩子在这个年纪骨头还没有完全长好，换成一个成年女人也许只会扭伤一根筋，她却伤得更严重：筋是没有断，但臀部的一块骨头断了。他和田径教练一起，飞奔着把南希送进急诊室，在那里她剧痛难忍，心里又害怕，尤其是听医生说她的伤没法治，尽管他又说，这伤过一段时间自然会痊愈——这也是实话。可是，她的田径生涯就这样结束了，不仅是因为这个赛季剩下的时间她都得养伤，而且她正在发育，很快，她的乳房变大，屁股变宽，由于体重轻而拥有的快跑速度消失了。接着，仿佛长跑冠军梦的终结和体形的变化还不足以令她天旋地转，就在那一年，她又遭受了父母离婚的打击。

她坐在他的病床上，趴在他的怀里哭有许多原因，一个重要原因就是在她十三岁那年他离开了她。她来到海边帮助他，而他这个头脑冷静、理智的女儿所能做的全部事情，就是重新体验当年离婚给她带来的种种困难，坦白自己大半辈子始终渴望父母重归于好的不灭幻想。“但是，现实是无法重新来过的。”他一边柔声说，一边轻抚她的背，揉着她的头发，轻轻摇着怀里的她。“事已至此，安心接受吧。挺住，随遇而安，没别的办法。”

事实的确如此，他所能做的也就是如此——就跟许多年前他告诉她的一模一样，当时他抱着她从急救室出来，在回家的出租车上，因为突遭巨变，她还在他怀里抽泣，身体直颤抖。

所有这些手术、住院无疑令他变得比刚退休的第一年更孤独、更不自信。连他珍惜的平和、安静似乎都变成了一种自发的幽闭形式，他还深受一种感觉的困扰，感觉自己在被带向死亡。不过，他没有搬回易受恐怖分子袭击的曼哈顿，而是决心抗拒这种身体衰弱所带来的疏离感，要以更积极的态度进入周围的世界。为此他面向养老社区的居民开设了两个绘画班，每周各上一节课，一个是教入门新手的下午班，另一个是针对有一定绘画基础者的晚班。

每个班大约有十个学生，他们都爱在他明亮的画室里碰头。渐渐地，学画画成了他们去那里碰面的借口，而且每个人上课和他开课的原因都一样：就是与他人建立令自己满意的联系。只有两个人年纪比他大。虽然大家每周都以一种同志般的愉快心情聚在一起，但是，谈话总是无可避免地转到生病、健康之类的话题上，谈论他们的人生此时已经等同于病史，相互交流各种医学数据几乎是头等大事。在他的画室里，疾病比绘画更容易引起他们的共鸣。“你的血糖怎么样？”“你的血压怎么样？”“医生说什么了？”“你听说我邻居的事了吗？已经扩散到肝了。”有个男的来上课还带着便携式吸氧器。还有一个得了帕金森病，手抖得厉害，可他说什么也要学画画。所有人，毫无例外，都发牢骚——有时是开玩笑，有时是认真的——抱怨自己越来越糟糕的记性，他们说起一年年，一季季，一月月过得真快，生命再也不是以等速度流逝了。有两个女的被诊断患了癌症。其中一个只能中途退课，回医院接受治疗。另一个背不好，有时候得在画室角落里躺十分钟、一刻钟，再起来站到画架前继续画。这样几次之后，他就对她说应该到他卧室里的床上躺着，想躺多久就躺多久，而不是躺在地上。他的床垫很硬，她会感觉舒服一点。有一次，她过了半小时还没有从卧室里出来，他敲敲门，听到她在里面哭，就打开门进去。

她又瘦又高，头发灰白，应该比他小一两岁，她的外表和温柔的气质令他想起菲比。她叫米莉森特·克拉玛，是他迄今最出色、刚好也是做事最不慌乱的学生。在被他慷慨地封为“高级绘画班”的班上，她每堂课都独立完成了功课，不会把颜料滴在跑鞋上。他从没听到她像别人那样嚷嚷：“我用这种颜料怎么也画不出我想要的效果。”“我脑子里明明有那幅画面，可就是没法在画布上把它画出来。”他也不必对她说：“别害怕，别犹豫。”他尽量对所有人都客客气气，即使是对那几个令人绝望的人，他们通常一来就说：“今天真美妙——我觉得今天灵感来了。”最后他听腻了，就向他们反复说他依稀记得查克·克劳斯[1]在接受一次采访时说的话，大意是：只有外行才寻找灵感；我们其他人一起床就工作。他一开始没有教他们画画，因为几乎没有一个会画，随便画个什么都会暴露出构图、比例等各种问题。所以，讲了两堂基础课（如何调颜料，如何使用调色板，等等），让他们自己熟悉颜料的特性之后，他就在

1 查克·克劳斯（1940— ），美国著名画家、摄影家。

桌上放一种静物——一只花瓶、一束鲜花、一个水果、一只茶杯——鼓励他们以此为参照点。他对他们说，要想具备创造性，为了尽量使肌肉松弛、运用整个手臂的力量画，就要尽量放松，不要感到害怕。他告诉他们不必担心画出来的效果实际上像什么："去阐释它，"他说，"这是一种创造。"很不幸，这么说有时候会导致他不得不对某人说："你知道，也许你不该把花瓶画得比茶杯大五倍。"得到的回答总是"可你说我应该阐释它"，对此，他尽可能和颜悦色地答道："我可没让你这么离谱地阐释。"在美术课上他最不愿意面对的痛苦就是他们全然出于想象的绘画；但因为他们都非常热衷于"创新"和随意发挥，于是那些东西依然是一节又一节课的主题。有时候会发生最糟糕的情况，一个学生说："我不想画鲜花水果了，我要跟你一样画抽象画。"他知道当一个初学者自称正在画抽象画的时候，你是没办法跟他讨论他到底在干什么的，所以他对这个学生说："很好——想怎么画就怎么画，干吗不呢？"在画室里来回走动，尽责地指点学生的时候，他会不出预料地发现对于某人画抽象画的企图，他除了"继续干"之外就无话可说了。他引用毕加索的话，尽量让他们把绘画与游戏而不是艺术联系起来，好比说，为了像一个成人那样绘画，他们必须恢复童真。他所做的，大体就是复述他自己小时候刚上课时老师们告诉他的那些东西。

只有米莉森特会向他请教各种细节问题，他站在她身旁，看到她的才能，也看到她的进步之快。他一眼就看出她具有某种与生俱来的才华，远胜于其他几个人要过几个星期才渐渐显露出来的那么一点点才能。对她来说，用调色板上的红色和蓝色颜料调色根本不是问题，不过再掺入一点点黑色或些许蓝色使颜色相得益彰、更为协调，还有所欠缺。她的绘画风格一致，而不像他在画室里走动时在大部分画板上看到的那样支离破碎，他想不出什么话可说，只听见自己说："那样很好。"他还得提醒米莉森特："别画过头。"不过他给她的所有建议都不会白说，她会琢磨他的话中最细微的含义。她绘画的方式似乎是直接出于本能，如果说她画的和班里所有人都不一样，那不只是因为其鲜明的风格，还因为她感知事物的方式与众不同。其他人需要指导的程度各不相同；尽管全班大部分人都一心学好，但还是有些人耻于求助，连他随口一句批评都会令其中一位某制造公司的前总经理火冒三丈，令人畏惧。米莉森特从不这样：在任何业余绘画班里，她都会是老师最优待的学生。

现在，他坐在床边，握着她的手，心想：年轻的时候，重要的是外在的身体，是你的长相，老了以后，内在的身体才最重要，人们不再注意你长相怎么样。

“你不吃药吗？”他问她。

“我吃过，”她说，“我不能再吃了。药只能管几个小时。吃什么都不顶用了。我动过三次手术。一次比一次大，一次比一次痛苦，使我更疼。真抱歉我现在这样。我向你道歉。”

靠近她脑袋的位置放着一个黑色支架，她得把它解开才能躺下来。它由一个包住下段脊椎、覆盖着一层弹性布的白色塑料壳、贴身系住胃部的维可牢尼龙搭扣和一块长方形的呢衬里帆布构成。她还穿着白色的绘画工作服，但把支架解下来了。他开门进来的时候，她试图把它塞到枕头底下不让他看见。这就是它在她脑袋旁、令她交谈时不可能专心致志的原因。它只是一只标准的撑背，穿在外衣里面，塑料内胆高不超过八九英寸，但它又向他证明了在这个富裕的退休养老社区，疾病与死亡永远伴随左右。

“要来杯水吗？”他问她。

看着她的眼睛，他知道她的疼痛是多么难以忍受。“好，”她虚弱地说，“好，请给我。”

她丈夫杰拉德·克拉玛曾是一家乡村周报的老板、发行人兼主编，这是当地的主要报纸，敢于揭露管理海滩的地方政府此起彼伏的腐败问题。在他印象中，从小在海王星镇[1]贫民窟长大的克拉玛是一个又矮又壮、刚愎自用的秃子，走起路来大摇大摆，打网球姿势难看，咄咄逼人，有一架塞斯纳私人飞机，还组织了一个讨论会，每周一次讨论时事——这和电影协会赞助播映的老电影一样，也是“海星沙滩”最受欢迎的夜间活动——直到有一天，他遭受脑癌的打击，人们看到他坐在轮椅中，由妻子推着在养老社区街头走动。即使退休了，他也要保持无所不能的气势，仿佛正把全部生命都投入一项重要的事业，但在他死之前的那十一个月，他神思恍惚

1　海王星镇位于新泽西州蒙默思县的海滩附近。

得似乎瘪了气，恍惚于身体的委顿，恍惚于无助的状态，恍惚于无法自理的状态，恍惚间想到，这个虚弱地坐在轮椅中垂死的人——一个再也不能挥拍打网球、不能扬帆出海、不能驾驶飞机，甚至编一个《蒙默思县号角报》的版面都不行的人——还能对他的名字做出反应。他夸张的一大怪癖是，时不时毫无来由地着盛装，带着五十多岁的妻子到社区里的餐厅共享小牛排。“该死的，我穿着这身衣服还能去什么别的地方？”他见着谁都这么大大咧咧地解释，招人发噱——他有时候能给人带来意想不到的快乐。但是在那次手术之后，他妻子就只能坐在他身旁，等他抖抖瑟瑟地张开嘴，小心翼翼地喂他，喂这个走路招摇的丈夫，这个咋咋呼呼、易讨女人欢心的男人，用一把调羹。许多人认识克拉玛，尊重他，在街上碰到都会跟他打招呼，问候健康，可他妻子不得不摇头示意，提醒他们在他心情极端沮丧的时候不要跟他说话——这是一个人从过去无论什么事都过于自信到眼下什么自信都没有了的沮丧。现在他自己不就什么都不是吗，只是一个一动不动、无足轻重的人，正愤怒地等待着让他彻底消失的那个上帝赐福的时刻。

“你要愿意，可以一直在这里躺着。”等米莉森特·克拉玛喝了点水，他对她说。

“我不能老是躺着！”她哭了，“我再也不能这样了！我以前多灵敏，多活跃啊——当杰拉德的太太，你就得这样。什么地方我们都去过。我那么自由自在。我们去了中国，我们跑遍了非洲。可现在，要是不吞止疼药，我连坐大巴去纽约都不行。可我对止疼药反应很大——它们真要把我逼疯了。而且到了目的地我还是疼。哎，不好意思说这些。我真抱歉。这里每个人都有各自的痛苦。我的事情没什么稀奇的，抱歉还让你背上这种事情的负担。你大概也有自己的故事吧。”

“用电热毯会好点吗？”他问。

“你知道什么东西有用吗？”她说，“那个已经消失的声音，那个我惟一爱过的人的声音。我想，如果他在这里，我就能忍受一切。没有他就不行。我以前从没见过他走下坡路——接着癌症就来了，把他打垮了。我不是杰拉德。他会马上集中所有力量反抗——集中一切，采取一切必须的办法。可我办不到。我再也受不了痛苦了。它压倒了一切。有时候我觉得再也支撑不了一个小时。我跟自己说别去想它。我跟自己说没什么大不了的。我跟自己说：‘别管它，它是心结，是烦恼，无非就是这样。别为它浪费精力。别对它妥协，别上它的当，别理它。硬起头皮向前挤，加足马力向前进。不是你压过它就是它压过你——横竖由你挑！’我每天都这么跟自己重复一百万遍，好像我变成了杰拉德在说话，然后忽然间情况就糟糕到我去超市只能躺在中间地板上的地步，随便说什么都不知所云。唉，真抱歉。我恨自己掉眼泪。”

“我们都恨，”他对她说，“可是我们照样哭。”

“这门课对我来说很有意义，”她说，“我整个星期都等着上课。像一个小学生一样期待。”她坦率地说，这时他发现她带着孩子信任大人的那种神情看着他，仿佛她真的成了一个正由大人哄着入睡的小女孩——而他，像杰拉德一样，能摆平所有事情。

“你随身带药了吗？”他问。

“我早上服过一片药。”

“再服一片。”他对她说。

“那种药我得非常小心。”

“我懂。不过你得想想自己现在的情况，还是再服一片吧。多吃一片药没多少坏处；可它能让你渡过现在的难关，让你回到画板前。”

“要过一小时药力才会起作用。那时候已经下课了。”

“你可以留下来等他们走了继续画。药放在哪里？”

“我包里。就在画室里，我的画板旁边。那个搭扣已经破了的棕色旧包。”

他把包拿给她。就着杯子里剩下的水，她服了药片，一种可以止痛三四小时的镇静药，是一颗又大又白的菱形药片，让她一吞下去就带着对解脱的渴望放松下来。自从她上课以来，他第一次看得清清楚楚，在日渐老化的脊椎控制她的生活之前，她一定非常迷人。

“你在这儿躺着吧，等药效出来再说，”他说，“然后再来上课。”

“我真抱歉，”在他转身离开的时候她说，“就是这种痛苦使你特别孤独。”说到这里，坚强又让位于软弱，她掩面啜泣，“真丢脸。”

“这没什么丢脸的。”

“丢脸，丢脸，”她哭着说，“没有能力照顾自己，可怜巴巴地需要别人安慰……”

“在这种情况下，这些都没什么可丢脸的。”

“你错了。你不知道情况。依赖，无助，孤立，害怕——这些感觉真可怕，真丢脸。疼痛使你害怕自己。那种完全异样的感觉很糟。”

他想，她是对自己的变化感到烦恼，她那种烦恼、屈辱、卑微，几乎比她自己意识到的更为严重。但是，他们又有谁不是这样呢？他们都对自己的变化感到烦恼。他不是吗？看他身体的变化。看他性能力的衰退。看那些把他整得不成人样的医疗过失，那些令他身体愈发不正常的突然打击——既有他咎由自取的，也有外部原因造成的。毫无疑问，只有无法摆脱的疼痛，才能令一个高贵的人衰变到米莉森特·克拉玛这样的地步，令他这样的凄凉都相形见绌。他想，即使是那些孙儿的照片，那些祖父母在房子里到处放的照片，她多半也不会再看一眼。除了疼痛，什么都没有了。

“嘘，”他说，“别说话，平静下来。”说着，他再次回到床边，将她的手握了片刻，然后回去上课。“你等止疼药发挥药效，觉得可以继续画的时候再出来吧。”

十天后，她吞服安眠药自杀了。

上完为期十二周的课程，显然每个人都希望报名上第二阶段的课程，然而他宣布由于种种计划的变更，在明年秋天之前，他不可能再开课了。

※※※※

他逃离纽约，把新家安在海边，是因为他一直都喜欢在激浪中游泳，与海浪搏斗，因为这段泽西海滩是与他快乐的童年联系在一起的，也因为，即便南希不肯搬来和他住，他距离她家也仅有一小时车程，况且在一个放松、舒适的环境中生活对身体很有好处。他这辈子没有一个女人比他女儿更重要。她每天早晨上班前总会给他打电话，一次不落，除此以外他的电话铃几乎从不响起。第一次婚姻生的两个儿子对他的爱，他已经不指望了；对于他们或者他们的母亲来说，他就没干过一件正确的事。要抵抗儿子翻来覆去对他的谴责，反驳他们口中的家史，需要一定的斗争心态，而这，业已在他的军火库中消耗殆尽。斗争的心态已被一种强烈的悲哀所取代。如果他在长夜漫漫的孤独中终于忍不住给这个或那个儿子打电话，事后他总是感到悲哀，被挫败的悲哀和沮丧。

兰迪和隆尼是他内心深处负罪感之源，但他已无法解释当初为何那样对待他们。他们年轻时，他解释得已经够多了——但当时他们太年轻，太愤怒，理解不了。现在呢，他们太老太愤怒，还是理解不了。还有什么可理解的呢？他们一本正经、不依不饶地要求他谴责自己，而这要求终于得到满足时他们的那种激动，他觉得莫名其妙。他们按照他们的做事方式做了他们要做的事情，他也已经按照他的做事方式做了该做的事情。难道再也不原谅他们这种绝不饶恕的强硬姿态？或者还有什么伤害程度轻一点的办法？像他这样把家庭毁了的离婚当事人，只是千百万美国男人中的一个。可他打过他们的母亲吗？打过他们吗？没有尽过赡养他们的母亲、抚养他们的义务吗？他们有谁迫不得已向他要过钱？他吝啬过吗？每一次需要他的时候，难道他没有尽他所能向他们提建议吗？他逃避过什么？除了办不到的事情，也就是不和他们的母亲离婚，继续生活在一起，他还能怎么做才能让他们接受？他们要么理解，要么不理解——令他难过（也令他们难过）的是，他们不理解。他们从不曾理解，他失去的是他们共同的家庭。无疑，他还有一些理解不了的事情。既然如此，他也没什么好悲哀的。没有人可以说，为了给自己的人生故事辩解而提出这种种问题，他难过、自责得还不够。

他没把自己一连串住院治病的事告诉他们，因为担心这会使他们报复的愿望得到过分满足。他相信他死的时候他们会兴高采烈，就因为他们始终不曾忘记他抛弃家庭开始第二次婚姻。而他最终又背叛了第二个家庭，只为了一个比他小二十六岁的美女——照兰迪和隆尼的说法，除了他们的父亲，随便哪个人在一英里开外就能一眼看出这是个“疯女人”，充其量是个“没脑子的模特儿”（他所在的广告公司雇她去加勒比海地区拍摄一个广告，他也去了，并在几天的拍摄中认识了她）——这只会强化他们认为他是一个见不得人的、不负责任的、轻佻幼稚的猎色鬼的看法。身为父亲，他是个骗子；身为丈夫，哪怕是那个好得无与伦比的菲比（他为她而抛弃了他们的母亲）的丈夫，他是个骗子；除了好色之徒，无论他是什么，都是彻头彻尾的冒牌货。至于他在晚年成了“画家”，在儿子们看来，这是天大的笑话。自从他每天认真埋头作画，兰迪就为他们的父亲起了一个嘲讽他的绰号“快乐的笨画匠”。

对此，他既没有辩解自己的道德清白，也没有论定自己完美无缺。他的第三次婚姻就是建立在永不满足的欲望基础上的，就是跟一个除了欲望没有任何其他关系的女人，这种欲望总能使他盲目，使他在五十岁的年纪，还玩年轻人的游戏。此前，他已经有六年没有跟菲比睡过觉，但他不能拿这么隐私的生活真相向两个儿子解释第二次离婚的原因。他认为，不能因为他当了菲比十五年的丈夫，不能因为他作为父亲与南希共同生活了十三年，不能因为他自出生起就是豪伊的弟弟和父母的儿子，就必须让他对此做出解释。他认为，不能因为他在广告业从业二十年，就必须让他做出解释。他认为，不能因为他是兰迪和隆尼的父亲，就必须让他做出解释！

然而，他们对他这一生行为的描述，连讽刺夸张都不是，而正如他所预料的那样，是一个不是他的他。他们故意将他认为众所周知值得一说的地方忽略不计。忽略他的优点，然后夸大他的缺点，只为了一个时隔多年无疑早已缺乏力度的理由。他们四十多岁了，跟父亲在一起的时候，还是像当初他第一次离开他们母亲时回到家的孩子，无论怎样都无法理解人的行为可能有不止一种动机的孩子——长着成人的外表、咄咄逼人的孩子——面对他们的破坏，他永远无法稳固防守。他们选择让抛弃家庭的父亲受折磨，他就赐予他们这种力量，受折磨。为了让他们高兴，为了付出代价，为了像天下最好的爸爸那样迁就他们令人发狂的敌意，他所能做的，就是为他做错的事而受折磨。

你们这两个恶毒的杂种！阴险的混蛋！可恨的小狗屎！他问自己，如果他是另一个人，采取另一种反应，情况会有什么不同？会像现在这么孤独吗？当然不会！可我就是干了！我现在七十一岁。

我就是这样的人。我就是这么干了才到了今天，没什么可说的！

所幸，多年来，豪伊常常和他联系。和几乎所有到他这个年龄的高盛公司合伙人（除了三四位最高层）一样，豪伊不到六十岁就已经从高盛退休；以当时他的身价，年薪五千万美元不在话下。很快他就进入了许多公司的董事会，并最终被任命为 Procter & Gamble 公司的董事会主席，他以前曾为这家公司仲裁。到了七十多岁，他还精力充沛，乐于工作，又担任波士顿一家金融业投资公司的顾问，所以经常飞来飞去，物色有可能收购的项目。虽然豪伊肩上的责任始终不断，时间也很紧，兄弟二人每个月还要通两次电话，有时候长达半小时，其中一人笑着回忆他们成长的岁月，回忆他们在学校和珠宝店发生的喜剧性时刻，逗另外一人开心。

但是，现在，当他们说话的时候，他心中生出一种莫名的冷淡，对于哥哥的兴致勃勃，他的反应是沉默。原因很荒唐。他恨豪伊，因为他结实强壮的身体。他恨豪伊，因为他这辈子还没住过医院，因为他从来不知疾病为何物，因为他身上没有一个手术刀留下的疤痕，动脉血管里没有六根金属支撑管，胸腔后壁皱褶中没有安着一个叫作“去纤颤器”的心脏报警系统，他是从心脏科医生口中第一次听到这个陌生名词的，听上去挺平淡无奇，好像是跟自行车链轴有关的什么东西。他恨他，因为虽然他们都是爸妈生的，长得也很像，可豪伊遗传的是健康的体魄，而他则是心血管毛病。恨豪伊是荒唐的，因为对于自己健康的身体，豪伊除了充分享受，还能怎样呢。就因为豪伊生来就是这副样子而不像别人那样，没有任何其他理由而恨豪伊是荒唐的。他从不为他的运动天赋和学习能力妒忌他，也从不为他的赚钱魔法和惊人财富而妒忌他，即便想到自己的儿子们和妻子们，再对比豪伊的——四个已经成年、仍然爱他的儿子和相伴五十年、与他彼此珍重、相亲相爱的妻子——他也不妒忌他。他为这个肌肉发达、拥有运动员体质、在校成绩几乎从不低于A的哥哥而骄傲，从小就崇拜他。而少年时代的他自己呢，有的是艺术天赋，惟一值得一提的运动才能是游泳。他毫不掩饰地崇拜豪伊，他走到哪儿就跟到哪儿。但是现在，他恨他，羡慕他，恶狠狠地妒忌他，在他的想象中，就差没有怒气冲冲跳起来跟他干一场，因为随豪伊而来的那种对生命的压力势不可挡。虽然在电话里他强忍着没有把自己都觉得丧失理智、不讲道理的情绪发泄出来，但一个月一个月过去了，他们之间的电话通话时间越来越短，间隔越来越长，不久就几乎什么都不说了。

他希望哥哥的身体也出毛病的恶毒念头并没有持续很久——他可不能一直当一个妒忌者，毕竟他哥哥身体不好并不能换来他的健康。没有什么能恢复他的健康，他的青春，或者激发他的天赋。但是，在狂怒的情绪中，他几乎相信豪伊的健康得为他自己备受摧残的身体承担责任，即使他更清楚实情，即使他并非不能像文明人那样对命运不公与不幸表示宽容的理解。当初那个心理分析师利落地把严重的阑尾炎症状诊断为妒忌心理的反应时，他毕竟还是父母的儿子，对于那种因为相信别人拥有的东西应该属于你而产生的情绪还颇为陌生。但现在他知道了；步入老年后，他发现了这种情绪状态，它抢走妒忌者内心的平静，更为糟糕的是，抢走他的现实感——他恨豪伊，因为豪伊的遗传基因应该也是他的。

突然间，他变得无法忍受哥哥，以一种原始的、本能的方式，就像他的儿子无法忍受他一样。

他一直希望绘画班上出现某个能吸引他的女人——这也是他开课的一半原因。可是，要跟一个与他年纪相仿但又难以吸引他的寡妇配对，他又办不到，而他早晨散步时看到的那些在木板路上跑步的年轻女子，精神奕奕，曲线毕露，头发微微散发着光泽，在他看来，似乎比上个时代的年轻女子更美，她们见到他也无非是适当地露出职业性的纯真微笑和他打招呼。目光随着她们迅速的步伐移动是一种乐趣，但是一种艰难的乐趣，事实上，这种精神享受会引起一种揪心的悲哀，并进而使他更难以忍受孤独。的确，是他自己选择了独居，但不是要难以忍受的孤独。这种难以忍受的孤独最糟糕之处是，你还不得不忍受——要么忍受，要么完蛋。你必须努力克服才能防止你的心思饥渴地回顾大把大把的过往时光扰乱你的心绪。

他也厌倦了绘画。多年来，他梦想着退休以后可以有整段整段的时间安心作画——正如成千上万在广告公司谋生的美术指导一样。可自从搬到海边几乎每天作画之后，他已经把兴趣给耗尽了。绘画的迫切愿望消失了，他兴致勃勃要用余生完成的计划最终失败了。他不知道该干点别的什么。每一幅画画完以后再看就像上一幅。他色彩明亮的抽象画永远都在海星沙滩当地画展上突出展示，而且在由一家画廊于附近一座海滨度假小镇上举办的三次类似画展中，他的画都被画廊最优质的顾客买走。但那差不多是两年前的事了。现在他没什么可展出的。画不出什么了。作为画家，他是而且可能永远都是“快乐的笨画匠”，这个他偶然得知的、被那两个好挖苦他的儿子贴上的标签。绘画就像驱邪的仪式。可是，用来驱什么邪呢？他的种种自我妄想中最早的那个？或者他选择绘画是试图自我表达这样一个事实：你本生而为生，事实却是为死？突然他迷失在虚无中，迷失在虚无状态的同时，也迷失在“虚无”这个双音节单词的声音中，不知漂浮在何方，恐惧油然而生。虚无不会带来危险，他想，虚无，虚无——虚无了就不会再有意外，连愚蠢的绘画都不会再有！

南希问起他绘画进展的时候，他对她解释说，他已经做了“一个不可恢复的审美绝育手术”。

“你会因为别的什么东西而重新开始的。”她说着，以宽恕的笑声接受了他夸张的说辞。她拥有她母亲仁慈的秉性，拥有别人需要帮助的时候不会袖手旁观的美德，拥有日常世俗中的高尚真情，这种真情不幸为他所轻视、所抛弃——在还没有意识到他的生活终将难以离开它的时候。

“我觉得不会，”他一边想着一边对他们的女儿说，“我没成为画家有一个原因。我跟绘画发生了激烈冲突。”

“你没有成为画家，”南希说，“是因为你结了几次婚，有老婆孩子。你要喂好几张嘴。你背负着责任。”

“我没有成为画家是因为我不是画家。以前不是现在也不是。”

“噢，爸爸——”

“不，听我说。之前画的所有东西都是胡乱涂鸦打发时间。”

“你只是现在沮丧罢了。别伤害你自己——你说的不是事实。我知道不是。我家里摆满了你的画。我每天看，我向你保证我可从不对胡乱画的东西瞧上一眼。许多人来我家，就看它们。他们问我画家是谁。他们被吸引了。他们问这个画家还活着吗。”

“你对他们怎么说？”

“现在听我说：他们可不是看到了胡乱的涂鸦才有反应，而是看到了作品。美丽的作品。当然，”她说着，又笑起来，使他觉得身心焕然一新，七十多岁的他仿佛又沉醉在当年对小女儿的溺爱中，“我当然告诉他们你还活着。我告诉他们这些都是我爸爸画的，我很自豪地告诉他们。”

“很好，亲爱的。”

“我这儿已经是个小画廊了。”

“很好，这让我很欣慰。”

“你现在只是沮丧罢了。就这么简单。你是一个出色的画家。我知道我在说什么。如果这个世界上还有人有资格判断你是不是出色的画家，那个人就是我。”

尽管是他令她经历了他背叛菲比这样的事情，她还是要赞美他。从十岁起她就喜欢这样——她是个心地纯洁、通情达理的姑娘，惟一的缺点是毫无保留的宽宏大量。她将每一个她珍爱之人的缺点统统忽略，并以近乎溺爱的感情，善良地把所有不快掩藏起来，把宽恕像一大堆干草一样捆起来。当她爱上那个自以为了不起、满腹牢骚的年轻家伙并且嫁给他，过于宽容他的种种性格缺陷，伤害也就无可避免。

“不仅仅是我，爸爸。每个来我家的人都这么说。有一天我在面试看宝宝的保姆，因为莫莉要不干了。我在面试一个新的保姆，就是我最后雇的那个好姑娘，塔妮娅——她是出来赚点零花钱的学生，跟你当年一样，参加了艺术系学生会——她紧紧盯着我挂在餐厅里的那幅画——就是餐桌上方，黄色的那幅——你知道我说的那幅吗？”

“知道。”

“她看得出神，一动不动。黄色、黑色的那幅。那可真是幅了不起的东西。我当时正在问她问题，可她的注意力都在餐桌上方。她问这幅画是什么时候画的，我花了多少钱买它。你的作品里有些非常吸引人的东西。”

“你把我说得真好，亲爱的。”

“不，我可是对你说实话。就是这样。”

“谢谢你。”

“你还会重新拿起画笔的。会的。绘画跟你还没完。与此同时要享受绘画的乐趣呀。你住的地方多美呀。耐心些，悠着点儿。什么都没消失。享受天气，享受散步，享受沙滩和大海吧。什么都没消失，什么也没有改变。”

奇怪——虽然她的话令他感觉舒服，但他一点都不相信她真的清楚自己在说什么。但是，他意识到，希望获得别人安慰并非小事，尤其是安慰来自于一个依然奇迹般爱着你的人。

“我现在不去海里游泳了。”他告诉她。

“你不游了？”

虽然只对南希说，但他还是为自己的坦白而感到丢脸。“面对海浪我已经没有信心了。”

“你还能在游泳池游，对吧？”

“对。”

“那好，就在游泳池游吧。”

接着他问起她双胞胎孩子的情况，心想，要是他还跟菲比在一起该多好，要是菲比现在还跟他在一起该多好，要是南希不用因为他没有一个爱妻而这么辛苦地干活就好了，要是他没有像当初那样伤害菲比就好了，要是他没有做对不起她的事情就好了，要是他没有撒谎就好了！要是她没有说过“我永远都不会相信你还会诚实”就好了！

那种事是他近五十岁的时候才开始的。年轻女人到处都有——摄影师经纪人，设计师，模特儿，业务经理，等等。虽然女人很多，你还跟她们一起工作、出差、吃午餐，但令人吃惊的并不是发生了什么——也就是被“别人”的丈夫俘虏——而是过了那么长时间才发生这种事，甚至婚姻令他的激情渐次衰退殆尽之后，还隔了那么长时间。第一次是个漂亮的黑发姑娘，十九岁，当他的秘书。她上班还不到两星期，就已经跪在他办公室的地上，撅着屁股，让他穿着衣服、只把裤裆拉链拉开交媾。他并没有威逼她就范，但他一开始着实令她吃了一惊——接着，他也很清楚自己没有炫耀的怪癖，相信自己按照寻常习惯的生活就能满足了，但为了表现得多少与别人一样，他居然把自己也吓了一跳。插入很顺利，因为她很湿润，并且，在这么胆大妄为的非常情况下，两个人几乎不用多少时间就达到性高潮了。一天上午，她刚站起身回到外面办公室的座位上，他还站在房间中央，脸红扑扑地整理衣服，他的上司、集团管理层监事兼执行副总裁克莱伦斯推开门走了进来。“她家住哪儿？”克莱伦斯问他。“我不知道。”他答道。“到她家去干。”克莱伦斯板着脸说完就走了。但是，他们控制不住自己在哪儿干，怎么干，即使他们明知这样的偷情是一种每个人都会输得精光的、荡秋千般危险的办公室行径。他们整天都隔得这么近，把持不住。两人无论是谁，满脑子想的都是她跪在他办公室地板上，他把她的裙子撩到她背上，抓着她的头发，褪下她的内裤，竭尽全力插入她的身体，完全不管是否会被发现。

接着就是到格林纳达岛的外景拍摄。他负责这次拍摄，他和他雇来的摄影师一起挑模特儿，其中十人拍摄一个毛巾广告，场景设在热带雨林中的一个天然小池塘边，每个模特儿都套着一件夏季短袍，头上包着客户品牌的毛巾，好像是刚洗过头发的样子。走完这些流程，广告完成了，他坐在飞机上一个身边没人的位子上，这样他就可以看书打瞌睡，不受打扰。

他们的飞机在加勒比地区转机，他下了飞机，走进候机大厅，环顾四周，看到所有模特儿，便跟她们打了招呼，然后所有人上了一架更小的飞机，飞了没多久就到达目的地，那里有好几辆轿车来接他们，还有一辆小吉普一样的车，他决定就带一个他选模特儿时就留意上的姑娘坐这辆车。她是参加这次拍摄的惟一一个外国模特儿，丹麦人，名叫梅瑞特，很可能有二十四岁，是十个模特中年龄最大的，其余都是十八九岁的美国女孩。车子有人开，梅瑞特坐在当中，他坐在外面。已经是晚上了，天很黑。他们紧紧挤在一起，他把手臂搁在她座位的上方。车子刚出发片刻，他的大拇指已在她的嘴里，他不知道，自己的婚姻已经面临重创。那个一开始希望自己永远不要过双重生活的年轻人，将用一把短斧把自己劈开。

到了宾馆，他进了自己房间，躺在床上，整夜脑子里只想着梅瑞特。第二天碰见她，他说："我昨晚在等你。"事情发展得就这么快，这么热烈。他们白天在森林中的天然小池边拍摄，尽心尽力地工作一整天，回到宾馆，他发现参与这次拍摄的摄影师经纪人已经为他在沙滩边租了一栋房子——他给过她许多生意做，经纪人因而投桃报李为他租了这房子。于是他搬出宾馆，梅瑞特跟他一起在沙滩边住了三天。清晨当他从海里游完泳回到沙滩，她就穿着一条比基尼短裤躺在阳台上等他。然后他们就在那儿做爱，即使他刚游完一段长距离，浑身还湿漉漉的。前面两天，在她吸吮他阳具的同时，他的手指老是在她的私处周围摸来摸去，直到最后她抬起头说："你这么喜欢这个小洞穴，干吗不享用它呢？"

回到纽约他当然还跟她见面。哪天只要她有空，他便在午饭时间去她那儿。不久之后的一个星期六，他正与菲比、南希在第三大道上走，突然看见梅瑞特在马路另一边用她那懒洋洋的、笔直的、梦游般的姿态走着，这种带着野性的自信永远都能迷死他。她那样子就好像不是提着一袋食物走近第七十二街的红绿灯，而是从容地穿越塞伦盖蒂国家公园[1]，来自哥本哈根的梅瑞特·杰斯普森正在热带大草原上的上千头羚羊中放牧。那个年代模特们还不必都追求骨感美。即便没看到她滑行一般的步子和披肩的金发，他根据她短袖上衣里那对乳房的大小和那只小小的屁股便认出这是他的宝贝儿，是白种猎人的猎获物，那屁股下的小洞穴给他们带来过多么美妙的快乐。看到她，他既没流露出害怕，也没有激动，虽然他感觉极不自在，必须马上跑到电话机旁单独给她打电话才行——接下来的整个下午他满脑子想的就是打电话。这不是把秘书摁倒在办公室地板上做爱。这是她原始的动物性对他生存本能的绝对控制，它本身就是一股需要认真对待的力量。这是他一生中最疯狂的冒险，这一次，他开始隐隐明白，它将可能毁了一切。他只是偶尔才会想到，五十岁的人还以为能找到一个足以代替一切的洞，有点痴心妄想。

几个月后，他飞到巴黎去看她。她已经在巴黎工作了六个星

1 塞伦盖蒂是坦桑尼亚最古老和最受青睐的国家公园，因动物一年一度大迁徙而闻名。

期，他们每天要偷偷通三次电话，但还是难以满足他们对彼此的渴望。他原本要在某个星期六和菲比开车去新罕布什尔州把南希从夏令营接回家，但他提前一周告诉菲比，那个周末他将不得不飞到巴黎去拍摄。他将在星期四晚上动身，最晚下周一上午回家。客户主管埃兹拉·波洛克将和他一起出差，并在巴黎和欧洲的拍摄组会合。他知道埃兹拉正和家人出去度假，要到劳动节以后才回来，而且是在一个没有电话信号、缅因州南自由港数英里外的小岛上，远离尘嚣，远得可以看到海豹群在附近多岩的小岛暗礁上玩耍。他把在巴黎所住宾馆的电话号码给了菲比，然后他这一天反复考虑了不下十次，就为了能和梅瑞特在世界浪漫之都共度一个长长的周末，他这是在冒被菲比发现的风险。但是菲比并没有起疑，看起来颇为期待独自一人去接南希。过了一个夏天，她急于让她回到自己身边，正如他心急如焚地要见到分别了一个半月的梅瑞特。就这样，他于星期四晚上坐飞机走了，脑中想的尽是那个小洞穴，想着当他玩弄小洞穴的时候她心满意足的样子。是的，当法航的班机飞越大西洋时，他心心念念、似梦似真地想的，就是这些事情。

天气坏了事。狂风暴雨席卷欧洲，从星期天到星期一，所有飞机全天都无法起飞。在这两天里，他一直和梅瑞特坐在机场，她要在分别的最后一刻到来之前一直黏着他，但最后他们得到明确消息说戴高乐机场任何飞机最早也得到星期四才能起飞，于是他们打了出租车回到艺术街，到左岸梅瑞特最喜欢的那家豪华宾馆重新开了房间，那间带烟色玻璃镜的房间。在巴黎，每次他们晚上坐出租车，总要上演同样出格的短剧，总是貌似不经意地，好像是第一次：他把手搁在她膝盖上，她把双腿叉开，刚好可以让他的手在她真丝衬裙下向上摸——其实那衬裙就跟一条豪华内裤没什么区别——然后用指头挑逗她，而她则调整了头的位置，慵懒地看着车外灯火通明的商店橱窗，他呢，后仰靠在座位上，假装丝毫没有为她这刻意保持的、似乎并没有人碰她的姿势所动，尽管他已经感觉到她的高潮快要到来。梅瑞特会把一切情欲之事推到极致。从他们宾馆出门沿街向南走有一家朴素的古董珠宝店，前些时候，他给她戴上一件非常漂亮的首饰，是一条金链子上挂着钻石、翠榴石坠子的项链。仿佛当年那个他父亲的博学儿子，他要求用珠宝匠用的夹眼放大镜检验一下钻石的成色。“你要找什么？”梅瑞特问。“看有没有杂质、裂纹、被染过色——如果用十倍放大镜还看不出异样，那就能证明这钻石是完美无瑕的。你发现吗？只要我一说到珠宝，嘴巴里就冒出我父亲的话。”“可你说到随便什么别的事情就不这样。”她说。“是说到任何跟你有关的事情不这样。那才是我说的话。”逛商店的时候，在街上走路的时候，一起搭乘电梯或在她家出来拐角处的餐厅隔离座喝咖啡的时候，他们总是情不自禁地彼此挑逗。“你怎么知道那么做，夹住那个什么东西——？”“夹眼放大镜。”“你怎么知道怎样用眼眶夹住放大镜？”“我爸爸教的。只要把它扣在眼窝里，夹紧。你也可以试试。”“是什么颜色的？”“蓝色，蓝色和白色。那是当时最好的一种。我父亲会说它现在还是最好的。他会说：‘超乎美丽、地位和价值之上，钻石是永恒不变的。’‘永恒不变’是一个他爱琢磨的词。”“谁不爱呢？”梅瑞特说。“丹麦语里怎么说？”他问她。“‘Uforgænglig’，就是美妙的意思。”“我们为什么不拿出来看看呢？”他对营业员说，这营业员英语说得很好，带一点法语腔，她非常滑头地对这位中年绅士的年轻伴侣说："小姐您真幸运。真是受宠爱的女人。"它的价格就算不比伊丽莎白市那家店所有商品加起来的总和高，也差不了多少了。当年（大约是一九四二年），他就是拿着顾客在父亲店里订的二十五分或五十分的订婚戒指，送到弗莱林胡伊森大街一个小小的珠宝匠作坊那里，让他放在长形工作台上测定钻石大小。现在，他抽出沾着她体液的手指，在她嘴唇上涂抹，然后伸入她的齿间让她的舌头舔——让她想起他们第一次见面，他们还彼此陌生的时候就敢做的事，一个是五十岁的广告人，一个是二十四岁的丹麦模特儿，在黑暗中横穿一座加勒比海岛——想得出神了。让她知道她是他的，他是她的。两个人相互膜拜。

宾馆电话里有一条菲比的留言等着他："立刻跟我联系。你母亲病重。"

他打了电话，得知他八十岁的母亲于纽约时间凌晨五点中风，医生认为她没救了。

他向菲比解释了天气状况，得知豪伊已经在往东赶的路上，他父亲一直守在母亲病床边。他记下母亲所在医院病房的电话号码，然后菲比告诉他，她打完电话就要独自出发去泽西，和他父亲一起看护病人，直到豪伊来。她一直在等他的电话。“今天早上打电话给你的时候你刚走几分钟。前台跟我说：‘先生和夫人去机场了。’”

“对，”他说，“我和摄影师经纪人坐一辆出租车。”

“不对，你是和那个二十四岁的丹麦模特儿坐一辆出租车，跟你有一腿的那个。抱歉我这么说，可我再也没法往其他方面想了。我以前就那样看待那个秘书。可是现在，我的侮辱受够了。巴黎，”她厌恶地说，“计划。预谋。机票和旅行社。告诉我吧，你们两个幼稚的乡巴佬是谁想出鬼鬼祟祟地到巴黎干这种小勾当？你们俩在哪儿吃饭？去了哪些迷人的餐厅？”

“菲比，我不知道你在说什么。你的话真莫名其妙。我尽量搭最早的航班回来。”

他母亲在他到达伊丽莎白市医院前一小时去世了。他父亲和哥哥坐在盖着床单的尸体旁。他以前从未在医院里见过母亲，她则当然不止一次到医院来看过他。和豪伊一样，她一辈子身体都很健康。冲到医院里安慰别人的总是她。豪伊说："我们还没把她去世的消息告诉医院方面。我们等着，想让你在她被带走之前再见她一面。"他看到的是一个安详沉睡的老人的身体轮廓。他看到的是一块石头，沉重的、阴郁的、石头一般的重量昭示着：死亡就是死亡——没有别的。

他拥抱父亲，父亲拍拍他的手说："这样最好。你不会忍心她在中风以后痛苦地活下去的。"

他握起母亲的手，放在唇边亲吻，这才意识到就在几个小时之内，他已经失去了两个最爱他的女人，她们的爱曾经是他力量的源泉。

对菲比，他一而再，再而三地撒谎，但毫无作用。他说他去巴黎是去结束跟梅瑞特的私情。他只能当面跟她说清楚，而她正在巴黎工作。

"但是在那个宾馆，你难道不是一边跟她分手，一边跟她躺在一张床上睡觉？”

“我们没有睡觉。她整个晚上都在哭。”

“整整哭了四个晚上？二十四岁的丹麦女人真能哭啊。哈姆莱特哭得都没这么多。”

“菲比，我去就是为了告诉她，结束了——现在是结束了。”

“我到底做错了什么，”菲比问，“你要这样羞辱我？为什么你要把每件事情都搅乱？是不是都这么可憎？我应该目瞪口呆说不出话，就这么过去吧，可我做不到。我从来没有怀疑过你，甚至从来没有想到要盘问你，但是现在你说的话我一个字都不信。我再也不信你还会说实话。对了，你跟那个秘书的事就伤害过我，可我没吭声。你还不知道我早就知道这件事吧？哼，是吧？”

“对，我不知道。”

“因为我向你隐瞒了我的想法——很不幸我没法向自己隐瞒。现在你又跟那个丹麦女人搞在一起，又伤害我，还拿谎话来羞辱我，我不会再隐瞒自己的想法，闭嘴不吭声了。一个成熟、聪明的女人出现了，她可是懂得什么叫相亲相爱的伴侣啊。她让你甩了塞西莉娅，给你生了个好女儿，完全改变了你的生活，可你不知道要为她做点什么，除了跟那个丹麦女人上床。我每次看手表都会算算现在巴黎是几点，你们两个会在干吗。这种状态持续了整个周末。任何事情的基础是信任，是不是？是不是？”

她一说出塞西莉娅的名字就让他立刻想起当年第一任妻子向他父母滔滔不绝地对他的恶毒攻击，令他感到恐怖的是，那些话证明他不仅仅抛弃了塞西莉娅，还抛弃了他的卡桑德拉[1]：“我真同情这个代替我的小姑娘玛菲特——老实说我真同情这令人作呕的贵格派小娼妇！”

“反正你什么事情都能承受，”菲比还在说，“即使你玷污了我的信任，即使你老实承认。然后你们就成了另一意义上的生活伴侣，仍然有可能维持着伴侣关系。可是撒谎——撒谎就是要下流无耻地控制另一个人。是在一旁看着另一个人根据不完整的信息做出反应——换句话说，就是侮辱她自己。撒谎是很稀松平常，但如果

1 在希腊神话中，卡桑德拉是特洛伊国王布莱姆的一个女儿，具有预知未来的禀赋，但被太阳神阿波罗命中注定不为人相信。后泛指能预卜吉凶的女人。

你是撒谎的对象，那你会多震惊啊。被你们这些撒谎者背叛的人忍受的侮辱积累得越来越多，直到你们当真渐渐想不起他们，是吧?你们这种撒谎成性、不思悔改的狡猾骗子肯定已经到了这样的地步，就好像应该有肚量的是被欺骗的人，而不是你们。你多半都不觉得自己在撒谎——你认为这是一种为了不伤害你没有性生活的可怜伴侣而采取的仁慈行为吧。你多半认为你的撒谎尚属一种美德，是为了一个爱你的蠢货好而采取的慷慨行动吧。或者谎言就是谎言——一个操蛋的谎言，一个接一个操蛋的谎言。啊，还用说下去吗——这种事情现在谁都知道，”她说，“男人对婚姻没了激情，可他又不能没有激情。妻子讲究实际。妻子很现实。是啊，激情没有了，她老了，不及当初了，但对她来说，只要还有身体上的亲密就够了，只要和他躺在床上，她抱着他，他抱着她。那种身体的亲近，温柔的感觉，同志般的亲切，亲密无间……但是他受不了。因为他是一个不能失去任何东西的男人。现在，你就要失去许多了。你将发现失去以后的生活是什么滋味！那个可怜的中年妻子，遭受着被抛弃的痛苦，妒火中烧！狂怒！对抗！啊，我恨你超过一切。

滚吧，离开这个家。我再也受不了你脸上那种色情狂突然变乖的表情！你休想得到我的宽恕——决不！我再也不会姑息纵容了！请你马上离开！别在我面前出现！”

“菲比——”

“别！你还敢叫我的名字！”

但是这种事的确谁都知道，不用多费口舌。就这样，菲比在他母亲下葬后的那个晚上将他赶出了家门，并在谈判解决财产分割问题后离了婚，事已至此，他不知道还要怎样才能使既成事实也算回事儿，或者使自己显得负责任——特别是为了在南希眼中他又恢复了过去的状态——几个月后他和梅瑞特结婚了。既然他是因为这个年龄比他小一半的人而把一切给毁了，那么继续这段恋情，通过让她成为他第三任妻子而把一切理顺，似乎是惟一合乎逻辑的选择——作为一个已婚男人，他总是不够聪明，从未想到应该和一个有夫之妇谈情说爱发展婚外恋。

过了没多久，他就发现梅瑞特不仅仅是那个小洞穴，或许还不如它呢。他发现她考虑任何事情都会因为犹豫不决而耽误或者做出错误的决定。他发现她爱慕虚荣的本质，才二十多岁就唯恐自己变老。他发现她的绿卡问题，并且由于长期不按时填报税单而把缴税弄得一团糟。而当他需要紧急冠状动脉手术的时候，他发现她对疾病的恐惧和在困难面前毫无用处的样子。尽管此时他才明白她所有的胆量只存在于性爱中，明白她将他俩之间的一切情欲之事推向极致是维系他们亲密关系的惟一力量，已经有点为时过晚。他抛弃了一个天底下最能帮助他的妻子，代之以一个哪怕碰到一丁点压力都会崩溃的妻子。但是，马上和她结婚似乎是掩盖这一罪行最简单的办法。

没有绘画打发时间令他感到非常痛苦。早上有长达一小时的散步，傍晚有二十分钟低强度的锻炼，在游泳池里慢悠悠地游半小时——这是他的心脏科医生建议他的每日养生之道——但也仅此而已，这就是他一天所有的运动。你眺望大海花得了多少时间呢，即使这是你从小就热爱的大海。看着这潮起潮落，要不了多久，他就会像每一个人在眺望大海时所陷入的幻想那样，想起生命只是偶然地、幸运地赐予了他，正如赐予所有人，只此一次，无缘无由，或不可知。许多个傍晚，他驱车到海湾旁边那个鱼市后的露台吃烤青鱼，船只就是从这里出发，穿过那座古老的吊桥航向大海；有时他会先在过去他们一家避暑时所住的小镇停下车。他在面海的公路上走下车，走到木板路上，找一张长椅坐下，沙滩、大海一览无遗，从一个在海浪中搏斗的精瘦少年到现在的他，这浩瀚的大海一成不变，又无时无刻不在变。许多个夜晚，也是在这张长椅上，他的父母、祖父母，都曾坐在这里，吹拂着海风，尽情享受与邻居、友人在木板路上散步的闲情逸致；也是在这片沙滩上，他们一家曾经共享野餐、晒太阳浴，他和豪伊以及玩伴们冲向海里游泳，而现在，由于近来军方的填海工程，它轻而易举地比过去扩大了一倍。尽管更宽大了，它依然是他的沙滩，当他想起童年最美好的时光，它还是他思绪盘旋的中心。但是，你回忆童年的美好时光花得了多少时间？享受老年的美好时光又如何？难道，老年的美好时光就只是——渴望童年的美好时光，渴望当年他刚刚发育、细管般的身体在海浪汹涌处踏浪而出，双手伸直合拢像一支箭头而整个身体像箭杆一样随着浪花冲上沙滩，胸腔砥砺着沙滩边有棱角的小碎石、锯齿状的蛤壳和被海水研磨成粉的贝壳，然后飞快地站起来，迫不及待地转身在低浪中蹒跚而行，直到浪头及膝高，深度足以让他一头扎进水里拼命向外游到越来越高的大浪——冲进滚滚向前的、碧蓝的大西洋，它势不可挡地向他翻滚而来，就像未来那个他无法掌控、终将到来的事实——如果他运气好，及时赶上下一波大浪，一波，一波，又一波，直到低低的斜阳从陆地那边向海面上洒下闪烁的光线，他知道该回去了。他光着脚丫子，浑身湿答答地带着海水的咸味跑回家，一边跑，一边回想仍在他双耳中沸腾的无垠大海何其伟大，一边舔着自己的前臂，尝尝刚在海水里泡过、在太阳下烤过的皮肤是什么滋味儿。除了一整天被海浪打得晕头转向而傻乐，这种滋味，这种味道让他陶醉得简直要一口咬下一块肉，品尝自己身为血肉之躯的味道。

无论跑得再怎么快，他还得穿过被白天的太阳晒得热烘烘的混凝土人行道，一到他们家租的房子，就直奔房子后面那个用潮湿的胶合板围起来的室外淋浴房，一边让冷冷的水柱冲着脑袋，一边把冲浪服褪到脚边，再拿起来放在水里冲，潮湿的沙子都被冲了下来。汹涌的海浪迎面而来的冲力，赤脚踏在滚烫的人行道上的煎熬，在冰冷的水柱下令他寒毛直竖的激灵，还有对结实的新生肌肉、对挺拔的四肢、对身体晒得黝黑发亮的祈祷（只在腹股沟的隐蔽位置还有一道淡淡的疝气手术疤痕）——在那些八月的日子里，德国潜水艇已经被摧毁，不必再担心出现溺毙的水手尸体，没有什么事情不是明确清晰的，也没有任何理由不让他想当然地认为自己的身体完美无缺。

他吃完晚饭回来，总是尽量平静下来读书。画室一整面墙的书架上塞满了他收藏的大开本美术类书籍；他一辈子都在搜集、研究它们，可现在，坐在读书椅上翻看随便哪本书，无不让他觉得荒谬。那个妄想——他现在这么认为——对他已经不起作用了，所以这些书也只会让他愈加觉得，自己只是一个无望、可笑的绘画爱好者，把退休后的日子都花在这种追求上，是多么空洞虚假。

努力和海星沙滩的其他住户在一起哪怕多待一会儿，他也难以忍受。与他不同，许多人不仅能够使整个谈话的话题都围绕着孙子孙女转，还能为孙子孙女到场而找到充分的理由。碰到这种脱身不得的场合，他有时就觉得孤独，最纯粹意义上的那种孤独。即使和居民中那些有想法、谈吐好的人在一起，过了一阵子也无趣了。大多数上了年纪的居民都已结婚几十年，安于现状，无论婚姻的幸福感还剩多少，都足以令随便哪个丈夫在接受他共进午餐的邀请时几乎毫无例外地带着妻子。当薄暮降临，或者是在星期天的下午，他也许有时会带着渴望看着这样的夫妇，但他还有这星期剩下的时间需要考虑怎么打发，即便在最忧郁的时候，他也知道他们这样的生活不属于他。结论是一开始就不应该搬到这样的社区来生活。正如那么多年他曾负责广告公司的创意部门，他一到岁数就自行安排位置，什么年纪就干什么事情。令他保持活力的，一直是稳定，绝不是一成不变。现在却是停滞。现在没有任何聊以自慰的办法，“安慰”的标题下一片空白，而且无路可退。一种异样感已经将他击倒——“异样”这个词，在他自己的词汇里本来是用来形容一种他几乎完全陌生的状态的，直到他那绘画班的学生米莉森特·克拉玛在哀叹她的处境时曾突兀地使用了它。再没有什么能激发他的好奇心，也没有什么能满足他的需要，绘画不能，家人不能，邻居不能，除了早晨在木板路上慢跑着经过他身旁的那个姑娘。我的天哪，他想，我以前居然是那样的人！我以前过的是那样的日子！我以前有那样的劲道！我再也不要在什么地方感到“异样”！我从前也是一个完整的人。

还有那样一个姑娘，天天跑步经过，他从不忘记向她挥手致意，一天早上，他决定去跟她搭讪。通常她也总是带着微笑向他挥手，然后他可怜巴巴地目送她跑远。但这次他叫住了她。他喊道：“小姐，小姐，我想跟你聊聊。”完全出乎他意料的是，她没有摇头拒绝，也没有说着“现在不行”而一溜烟地跑走，而是转过身，跑到他站着的地方——向下通往沙滩的厚木板台阶旁，距他仅隔一尺远站定，双手摆在屁股上，汗流浃背，真是个娇小完美的女人。她抬头看着眼前这个六英尺三英寸高、满头波浪式白发、戴着太阳镜的陌生人，一只穿着跑步鞋的脚就像小马驹一样踢着木板路，直到她完全放松下来。结果偶然发现，她也曾在费城的一家广告公司干过七年，现在到海边度两个星期的假。他说出自己几乎干了一辈子的那家纽约广告公司的名称，她顿时肃然起敬。他的公司久负盛名，于是在接下来的十分钟时间里，他们进行了一番关于广告的谈话，而这类谈话他向来毫无兴趣。她虽然已年近三十，可是她一头又长又卷的赭色头发向后扎着，穿着运动短裤和紧身背心，再加上个子小，被别人当作十四岁的小姑娘也是有可能的。他再三强忍着不把视线落到她因为喘气而起伏高耸的胸脯上。这时挪步离开可是种折磨。这种想法是对人之常情的蔑视，是对他心智健全的威吓。他的兴奋与任何已经发生或可能发生的事情都不相称。他不必掩饰他的饥渴；为了不发疯，他必须消灭它。然而他顽固地按照他设想的计划继续，还半信半疑地认为某些词汇的组合总能让他避免失败。他说：“我留心看过你跑步。”她的回答令他吃惊：“我早注意到你在看我。”“你够胆吗？”他听见自己问她，但又觉得这次会面现在已经失控，所有事情进展得都太快了——他觉得，如果可能，这次甚至比他在巴黎花不小一笔钱把那根有坠子的项链挂到梅瑞特脖子上更冲动。忠实的妻子菲比和钟爱的女儿南希在纽约的家里等他回来——前一天就在南希结束夏令营回家前几个小时，他刚和南希说过话——但他还是对营业员说：“我们就这样买走，不用包了。来，梅瑞特，我来给你戴。我从长牙齿起就知道项链扣子了。这种叫圆管式搭扣。三十年代，这种搭扣配这种项链是最牢靠的。来，把脖子伸过来。”“你在想什么？”这跑步的姑娘大胆地说，大胆得令他觉得自己反而处于不利位置，不知该怎样直白地回答。她的肚子晒成了古铜色，双臂纤细，翘翘的屁股又圆又紧，一双细腿很结实，一对乳房相较于她五英尺多一点的身高来说，也颇为丰满。她具有四十年代老杂志插画上那些风中女郎[1]的性感撩人的魅

1 风中女郎（Varga Girl）是二十世纪秘鲁裔美国商业画家阿尔贝托·巴格斯（1896—1982）所创作的流行的绘画形象，多为动作挑逗的性感女郎，常见于四五十年代美国各种时尚、情色杂志和Zippo打火机等商品。

力，但像是儿童迷你版的风中女郎，这就是他一开始向她挥手的原因。

他说：“你胆子够大吗？”她答：“你在想什么？”现在该说什么？他摘下太阳镜，以便低头看时能看着她的眼睛。她知道自己这样回答是在暗示什么吗？或者她只是没话找话随便说说，为了掩饰自己被吓坏了或没明白他的意思而显得很镇定？要是在三十年前，他肯定毫不犹豫地追求她，不管她多年轻，他也绝不考虑会遭到令他感到耻辱的拒绝。但是，自信的快乐已经消失了，令人投入的嬉笑也随之消失。他竭力掩饰自己的渴望——触摸的欲望——对这样一具肉体的欲望——还有他的微不足道——他的无能——显然，他成功了，因为在他从钱包里拿出一张纸写下他的电话号码后，她并没有面露奇怪的表情然后讥笑着他离去，而是接过纸，带着一种欣然的、像猫一样浅浅的微笑，要是她接着发出满足的哼哼声，也不足为怪。“你知道我住在哪儿。”他一边说，一边感觉到裤裆里的家伙在不可思议地、神奇地迅速变硬，好像回到了十五岁。同时，也有一种强烈的自我个体感，一种绝对惟一的感觉，代表又一次一夜情、露水情，恰恰与因为病重而渐渐失去生气、无法控制自我的人格解体相反。她的一对又大又灵活的蓝眼睛扫视着他的脸。“你心里在想什么不寻常的事。”她若有所思地说。“没错，是有心事，”他哈哈笑着说，“我生于一九三三年。”“看来你很适合我。”她对他说。“看来你也很适合我。”他答道。“你知道到哪儿能找到我。”她迷人地在空中挥了挥那张纸，像是在摇一只小铃铛，令他高兴的是，她把它深深塞进湿答答的运动背心里，然后沿着木板路跑下去。

她始终没来电话。他出去散步也没有再看到她。她肯定决定换一条木板路跑步，这样，他人生中最后一次大爆发的欲望也就无可排遣。

在与这穿着运动短裤、紧身背心、孩子般的“风中女郎”的荒唐事过后，他很快就决定把共管式公寓卖了搬回纽约。他把放弃在海边的生活视为失败，几乎就像过去半年里他本想安心当画家却一事无成一样痛苦的失败。即使在“九一一”事件之前，他就已经考虑过像现在这样过了三年的退休生活方式；“九一一”的灾难似乎使他生活发生巨大改变的机会提前来临，而这实际上已经显示出他虚弱的开始和自我放逐的根源。可现在，他把公寓卖了，又想在纽约上西区南希所住的公寓附近找个住处。因为他买的这套沙滩共管式公寓在他住的这短短时间里价格几乎涨了一倍，他也许足以用现金在哥伦比亚大学附近买下一整套房子让他们所有人共同居住。他可以支付家用开销，她的收入也供得起孩子。她还能像她一直希望而没有能力实现的那样，一周紧张地工作三天，剩下四天照看孩子，因为她的产假结束了，得回去工作。南希，双胞胎，和他自己。这个计划值得跟她谈谈。她也许不介意他的帮助，而他也渴望着身边有个亲人可以让他付出，同时也能得到对方的关爱；世上还有谁比南希更合适？

他给自己两周时间把这个计划考虑周全，也想象一下自己向南希介绍计划的时候会是多么迫切的模样。正当他最终决定暂时不跟南希提这件事，而是先去纽约花一天时间实地考察一下，看看有没有可能在自己财力所及的情况下找到那种足以供他们四口人舒舒服服过日子的公寓，坏消息就通过电话接踵而至，先是关于菲比的，第二天是关于他的三位前同事的。

早晨六点半刚过一会儿，电话响起，他得知菲比中风了。是南希从医院打来的。大约一小时前，菲比给她打电话，说自己出事了，等到南希把她送进急诊室，她已经口齿不清，几乎没人听得懂她在说什么，她的右臂也失去了知觉。现在他们刚刚做完核磁共振，菲比躺在病房里休息。

“中风？像你妈妈这么年轻健康的人，怎么会？这跟偏头痛有关吗？偏头痛可能引起中风？”

“他们认为可能是她服的偏头痛药物引起的，”南希说，“是第一种可以抑制她偏头痛的药。她当时就意识到这种药有一点引起中风的危险性。她知道危险。可一旦她发现这药奏效，一旦她五十年来第一次摆脱了那种痛苦，她就决定值得冒这个险。她奇迹般地度过了没有偏头痛发作的三年。真是老天保佑。”

“直到现在，”他难过地说，“直到中风。你希望我开车过来吗？”

“我会通知你。看看形势发展再说。他们觉得她已经没有危险了。”

“她会恢复原样吗？能说话吗？”

“医生是这么说的。他认为她能百分之一百恢复。”

“太好了。”他说，但又想，让我们看看一年以后他又会怎么想。

还没等他发问，南希就告诉他：“她出院以后就直接搬来跟我住。马蒂尔达白天照顾她，剩下时间由我负责。”马蒂尔达是南希休完产假上班后请来照看孩子的安提瓜[1]保姆。

“那很好。”他说。

“虽然最终会完全康复，可恢复还需要很长时间。”

这天他本来要到纽约城里开始寻找适合他们几口人住的公寓；可现在，跟南希商量之后，他改而到城里医院探望菲比，然后当晚开车回到海边继续自己独居的生活。南希，双胞胎，和他自己——

1　安提瓜岛位于拉丁美洲。

这一开始就是一个荒唐的想法，也不公平，背叛了他搬到海边之后立下的誓言，也就是不让他这个反应实在太快的女儿再为他这个上了年纪的老人所面临的恐惧和脆弱而操心。现在菲比病得这么重，不可能再像他所想象的那样改变他们的生活了，于是他决定，再也不会对南希抱有这样的计划了。他不能让她像过去那样看他。

在医院，菲比躺在那儿，表情很惊讶。除了因为中风而说话口齿不清，她的声音也轻得几乎听不见，而且她吞咽很困难。他必须坐直了贴着病床床沿，才能够听明白她在说什么。二十年来，这是他们第一次彼此靠得这么近，那次他去巴黎和梅瑞特在一起时他母亲中风病故之后就再没有过。

“麻痹很可怕。”她告诉他，视线下移到身体一侧没有知觉的右臂。他点点头。“你看，”她说，“你让它动……”他等她继续说，却看到泪水沿着她的脸庞流下来，她努力要把这句话说完。她做不到，于是他替她说完。“但它没有动……”他柔声说。现在轮到她点点头。他想起她在他那次背叛之后猛烈爆发、滔滔不绝的言辞。他多么希望她现在还能把他放在熔岩上炙烤。随便说什么，随便什么，一段控诉，一阵抗议，一首诗歌，一个美国航空的广告活动，一个《读者文摘》的整版广告——随便什么，只要她说话能恢复正常！总是爱说笑的菲比，坦诚豁达的菲比，开不了口了！“就是你能想到的任何事情。”她艰难地对他说。

她原本就憔悴的容貌，已经扭曲变形，高高的身形在医院床单的覆盖下，似乎正在缩小、将要分解了。那个医生怎敢对南希说降临于她母亲的残酷不会留下永远的痕迹？他俯身碰到她的头发，她柔软的白发，强忍着不哭出来，又想起她的偏头痛，想起南希的诞生，想起那天在广告公司第一次见到菲比·兰伯特，带着初来乍到的冒失、惊恐，楚楚动人的单纯。她是一个家教甚好的姑娘，并且与塞西莉娅不同，没有混乱的童年回忆的沉重包袱，与她有关的任何事情都合情合理，情绪不轻易大起大落，可也不全然是她那种单纯：这是贵格教会传统深厚的宾夕法尼亚州和斯沃斯莫尔学院[1]孕育出的最自然的气质。他记得她既凭着记忆用无可挑剔的中古英

1 斯沃斯莫尔学院是美国著名文理学院，位于宾夕法尼亚州。

语、毫无造作地向他背诵《坎特伯雷故事集》的序言，也复述着从她那古板的父亲那里听来的一些古朴得令人吃惊的句式，譬如“我们必须尽力明白这点”“这么说不会太过分……”这些话就足以令他在她心无旁骛地迈进他敞开的办公室门、看到她的第一眼之前就爱上她。这是一个成熟的年轻女子，也是办公室里惟一不抹口红的女人，高挑、平胸，头发向后梳，露出长长的脖子和孩子般的、耳垂小巧玲珑的耳朵。“为什么你有时听我说话会笑？”他第二次请她吃饭的时候，她问，“为什么我明明是严肃认真的时候你反而要笑？”“因为你太吸引我了，而你对自己的魅力又太没有意识。”“要学的东西可真多啊。”在他坐出租车送她回家的路上，她说；而当他自觉不露一丝急迫痕迹地柔声说“我会教你”时，她得用手蒙住自己的脸。“我脸红了，我经常脸红。”她说。“谁不呢？”他对她说，心想她脸红肯定是因为她认为他所指的并非他们谈话的主题——她从没见过的艺术——而是指性激情，事实也的确如此。在出租车里，他想的不是带她参观大都会博物馆里的伦勃朗作品，而是她长长的手指，宽宽的嘴巴，尽管没过多久他就带她去了大都会博物馆，还去了现代艺术馆、弗立克美术馆和古根海姆博物馆。他想起她在无人看得见的沙丘中脱去泳装。他想起他们，那天傍晚又一起游过海湾回去。他想起这个率真的女人居然令他出乎意料地兴奋。他想起她正直的可贵。一反平日的性情，她变得生气勃勃。他想起自己曾对她说："没有你我活不下去。"菲比答道："从没有人对我说过这样的话。"他承认："我过去也没说过这样的话。"

那是一九六七年夏天。她二十六岁。

次日就传来他几个前同事的消息，就是与他一起在广告公司工作、经常同吃午饭的那几个。一个是创意总监，名叫布拉德·卡尔，他因患有自杀倾向的抑郁症而被送进了医院；第二个叫埃兹拉·波洛克，他七十岁了，被查出癌症晚期；第三个，他的上司，那个温文尔雅、思路清晰、总是一心一意照顾那些公司重要客户的人，那个对器重的下属几乎如慈母般宠爱的人，那个多年深受心脏病和一次中风后遗症折磨的人。有一天他在《纽约时报》讣告版上看到了他的照片，大为震惊："二战期间艾森豪威尔的副官、著名广告人克莱伦斯·斯普拉科逝世，享年八十四岁。"

他立刻给克莱伦斯的妻子打电话。他们退休后就搬到了巴克夏尔斯养老。

"你好，格温。"他说。

"亲爱的，你好吗？"

"还行。你怎么样？"他问。

"我没事。孩子们来了。有许多伴儿。许多人帮忙。要跟你说的事太多啦。可以说我是有心理准备的，可真到了那时候，谁会有准备呢。那天我回到家，发现他躺在地上已经死了，那场景太可怕太令我震惊了。当时他已经死了两个钟头，大概是午饭时间死的。我出去吃午饭了。你知道，这对他也算是善终。死得突然，不用再中风，在医院里没完没了地受折磨。"

"死因是中风还是心脏病发作？"他问。

"是心肌梗死。"

"之前他觉得不舒服吗？"

“怎么说呢，他的血压——这么说吧，他的血压给他带来了许多问题。上个周末他就觉得不那么舒服。血压又升高了。”

“他们没法用药控制？”

“用了。他服了各种各样的药。可他的动脉血管大概问题很大。你知道，到这把年纪，动脉血管都不中用了，到了一定程度身体就不行了。最近他很疲惫，两天前还对我说：‘我真累。’他想多活几年，可是谁都没法让他活下去了。亲爱的，老年就是战斗，不是跟这种毛病斗，就是跟那种毛病斗。这是一场不屈不挠的战斗，而且就是要趁你最虚弱、最无能的时候挑起过去的战斗。”

“今天讣告版上的文章是对他很好的纪念。他们赞扬他是了不起的人。我多想有机会告诉他们一些他的事情，让他们知道他发现同事价值的非凡能力。我今天看到他的照片了，”他说，“我还记得多年前有一天，有个客户带我去四季酒店吃午饭，我们正下楼梯去大堂，一头撞见克莱伦斯。我这客户正兴致勃勃呢，他说：‘克莱伦斯，你好啊。你认识这位年轻的美术指导吗？’克莱伦斯说：‘我认识。感谢上帝我认识。感谢上帝我们全公司都认识他。’这种话他说过一次又一次，还不仅仅是说我。”

“他对你一直看得最重，亲爱的。这句话字字是真。我记得，”她说，“你来公司还不到一年，他是怎么把你从一大把新人里挑出来的。那天他回到家就跟我说起你。克莱伦斯发现创意人才的眼光很准，他把你挑出来，让你还没有服完制作广告手册的苦役就当上了美术指导。”

“他对我很好。我永远都视他为将军。”

“他只当过艾森豪威尔手下的上校。”

“他是我的将军。现在我脑子里有几十桩关于他的事情可以告诉你。”不过克莱伦斯建议他去女秘书家而不是在办公室做爱那件事不包含在内。

“请告诉我吧。你谈起他的时候，就好像他还在这里。”格温说。

“呃，有一阵子，为了争取梅赛德斯-奔驰汽车的广告方案，我们一连两三个星期没日没夜地干，天天干到半夜，有时甚至到凌晨两三点。那可是我们要全力争取的大项目，我们玩命地干，最后还是没拿下。但所有工作做完以后，克莱伦斯对我说：‘我要你和妻子去伦敦度一个长长的周末。我要你们住在萨伏伊，那是我最喜欢的酒店，我要你和菲比到康诺特饭店吃晚餐。费用都由我出。’那时候，这可是个大礼，即使我们丢了客户，他还是送了这个大礼。要是我能把这样的事情都告诉报社就好了。”

“嗯，媒体做得已经很棒了，”格温说，“连这里都有。今天的《伯克县鹰报》有一篇关于他的文章，写得很长，还配了一张很精彩的照片，对他评价很高。他们赞扬他在战时的表现，并强调他是陆军最年轻的上校。我想，克莱伦斯要是知道他获得这样的赞誉，一定又高兴又满足。”

“瞧，你现在听起来，状态还行。”

“啊，现在当然还行——我现在忙忙碌碌的，还有许多人陪。等我一个人了，才是最艰难的时候。”

“接下来你打算怎么办？还住在马萨诸塞州？”

“对，目前还住下去。以前我和克莱伦斯讨论过。我说：‘假如你先走，我就把房子卖了回纽约去。’可孩子们不希望我这么做，他们认为我应该给自己一年时间过渡。”

“也许他们是对的。有时候，人会为自己当初过早采取的行动而后悔。”

“我也这么想，”她说，“南希怎么样？”

“她很好。”

“每当我想起南希还是个孩子的模样，就忍不住微笑。她那时候真是天真烂漫。我记得你们俩在家里一起唱《微笑》。当时我们住在龟湾。那是很久以前的一个下午。你教她唱的这首歌。她最多六岁。‘微笑，虽然你的心在痛——接下来怎么唱来着——微笑，虽然心即将破碎——’你给她买了纳金高[1]的唱片。记得吗？我还记得。”

“我也记得。”

“她呢？南希呢？”

“她肯定也记得。格温，我的心和你在一起。”

“谢谢你，亲爱的。这么多人打电话来。两天了，一直有电话

1 纳金高（1919—1965），美国著名爵士歌手和歌曲作者。

来。这么多人哭，这么多人告诉我他对他们多么重要。如果克莱伦斯能够看到这一切就好了。他知道他对公司的价值，可你知道，他和这个世界上任何人一样需要别人的肯定。”

“是啊，他对我们所有人都非常重要。那么，我们以后再谈。”他说。

“好的，亲爱的。非常感谢你打电话来。”

他隔了一会儿才平静下来，自信声音没问题后再打电话。布拉德·卡尔正作为精神病患者在曼哈顿一所医院接受治疗，他妻子把医院名称告诉了他。他就拨直线打到布拉德的房间，一边拨，一边回想他们当年做那个截取生活片断的麦斯威尔咖啡广告，当时他们都是二十来岁的毛头小伙儿，刚开始搭档，一个是文案，一个是美术指导。他们打破了广告记忆度评分[1]的纪录：得了三十四分，是

1 记忆度评分是市场调研公司用于调查电视广告收视效果的方法，调查得分代表受访者记住某个电视广告的百分比。

麦斯威尔咖啡有史以来得分最高的广告。那天公司要举行圣诞派对，布拉德知道克莱伦斯会来，就让他的老伙计在纸板扣上写“三十四”，人人都戴一个，克莱伦斯一看到就向布拉德和他表示祝贺，还戴上一颗纸板扣，和大家一起走。

“喂，布拉德吗？你的老伙计从泽西海滩给你打电话来了。”

“嗨，你好。”

“怎么样，小伙子？我几分钟前往你家打电话了。这段时间很想跟你说说话，玛丽告诉我你在医院里。所以我打来了。你现在怎么样？”

“哦，我还行。就这么回事儿。”

“感觉如何？”

“就这样，总有更好的地方可去吧。”

“那儿挺糟？”

“有更糟的。我是说，这里幸好算是不错的地方。过得去。我虽然不会推荐你到这里度假，但还算可以。”

“你在那儿多久了？”

“呃，一个星期左右吧。”玛丽·卡尔刚告诉他布拉德已经住院一个月了，而且这已是他今年第二次住院，两次住院之间的情况并不怎么好。布拉德说话很慢，带着颤音——多半是服药所致——同时因为绝望而显得心情很沉重。“我希望能很快出去。”他说。

“你现在整天干什么？”

“噢，剪纸人。诸如此类。我在走廊里走来走去。尽量保持清醒。”

“还有呢？”

“接受治疗。吃药。我就像一个药房，你能想得到的药都往里放。”

“除了抗抑郁症的药，还要吃什么别的药？”

“是啊。主要是抑制剂。不是纯粹的镇定剂，而是抗抑郁症的。我想它们在起作用。”

“你睡得着吗？”

“睡得着。一开始有点问题，现在他们把这问题解决了。”

“你白天跟医生讲话吗？”

“讲的，”布拉德笑道，这才让人听上去觉得是布拉德在说话，“不过跟他说话没什么用。他很和气，只会跟你说振作起来，一切都会好的。”

“布拉德，你还记得那次你为什么事对克莱伦斯发飙，给他两星期考虑的事情吗？我跟你说别走。你说：‘可我已经辞职了。’我说：‘那就收回辞职信。’你就照办了。除了克莱伦斯，还有哪个广告公司的老板能容忍一个文案干出这样出尔反尔的混蛋事？我记得这样的事你还干过两次。后来又在那里待了十年。”

他又把布拉德逗笑了。“对，我老犯傻。”布拉德说。

“我们搭档工作了好多年。默不作声一起干了不知道多少个小时。几百个，几千个小时，不是在你的，就是在我的办公室一起默默地把事情解决。”

“那很重要。”

“绝对重要。你就很重要。别忘了这一点。”

“谢谢你，伙计。”

“那么出院的情况怎么样？”他问布拉德，“你估计什么时候出院？”

“呃，我真说不上来。估计就是一两个星期的事情吧。因为我在这里没有在外面那么抑郁，甚至觉得平静。估计我快好了。”

“那是好事。我会再给你打电话的。希望可以很快在更好的情况下跟你聊。”

“行。谢谢你打来电话，”布拉德说，“非常感谢。你打电话来我特别开心。”

挂了电话以后，他想：他知道打电话的人是我吗？他当真记得我回忆的那些事情吗？单单从电话里的声音判断，无法想象他会从那儿出去。

接着打第三个电话。他控制不住自己要打这个电话，虽然布拉德住院、克莱伦斯病故、菲比中风的打击已经够他想好一阵子了。就像格温提醒了他曾经教南希唱纳金高的《微笑》。这个电话打给埃兹拉·波洛克，他本以为埃兹拉活不过这个月，没想到接电话的就是他本人，听上去挺快活满足，还跟平时一样得意洋洋。

“埃兹，”他说，“得意什么呢？你听上去很高兴。”

“为有机会聊天高兴呢，因为我只有聊天可消遣。”

“那你不觉得郁闷？”

“根本没有。我可没时间郁闷了。一门心思着呢，”埃兹拉哈哈笑道，“我现在什么都看穿了。”

“包括你自己？”

“没错，信不信由你。我不会再说虚头虚脑的废话，终于知道要抓住事情本质啦。我开始写广告生涯回忆录。走以前，总得面对事实吧，好伙计。只要我活着，就要写出点好东西。”

“啊，那别忘了把你走进我办公室时说的这句话写进去：‘好啦，告诉你期限可别慌哦——明天上午我一到办公室就要拿到广告的情节大纲。’”

“这话起作用了，对不对？”

“你当时很勤快啊，埃兹。我有一次问你为什么那款该死的清洁剂不刺激女士娇嫩的双手，你给了我二十页关于芦荟的材料。那个广告我得了美术指导奖。我能得奖就是因为那二十页材料。它应该属于你。等你情况好些我们吃顿午饭吧，我把奖杯给你。”

“就这么说定了。”埃兹拉说。

“疼痛怎么样？疼不疼？”

“疼，还是有的。不过我已经学会怎么对付。我服了特效药，还有五个医生。五个哦，一个肿瘤科的，一个泌尿科的，一个内科的，一个临终关怀护士，还有一个帮助我克服恶心的催眠师。”

“怎么会恶心？因为治疗？”

“对。癌也会让你恶心。我呕吐很厉害。”

“这是你最难受的问题吗？”

“有时候我恨不得把前列腺给排泄掉。”

“他们不能动手术摘除吗？”

“对我没好处。太晚了。而且是个大手术。我的体重轻了。血压低了。手术会让我非常虚弱，我只能放弃治疗。说它扩散得很慢是大瞎话，”埃兹拉说，“它快如闪电。六月中旬我的前列腺还一点问题都没有，到了八月中旬癌细胞就扩散到没法切除前列腺的地步。它真能扩散啊。所以啊，兄弟，当心你的前列腺。”

“听你这么说，我很难过。不过我也很高兴你听上去没什么变化。基本上还是你自己。”

“我只想写回忆录，”埃兹拉说，“这事儿我说得够多了，现在必须把它写出来。写我在这个行业里经历的一切。如果能写出回忆录，我就能告诉大家我是谁。如果能写出来，我就可以脸上挂着笑去死。你怎么样？你还在快活地工作吗？在画画吗？你以前总说要画画。现在呢？”

“是啊，我画着呢。天天画。很好。”他撒了谎。

“唉，你知道，我可能没法写出这本书了。我刚退休那阵子，怎么也适应不了。一得了癌症，磕磕绊绊都没了。现在想干吗就干吗。”

“这对写作者来说可是一种残酷的疗法。”

“是啊，”埃兹拉说，“我想是这样。我可不推荐这种疗法。你知道，也许我会好。那样我们就一起吃顿饭，你可以把奖杯给我。如果我好了，医生说我可以过上正常的生活。”

如果他确实有临终关怀护士，医生似乎不可能对他说这样的话。虽然他们或许只能这样给他鼓鼓劲，他或许已经想到他们这么做，又或许是出于他的自大，他那令人叹为观止、根深蒂固的自大。“好，我支持你，埃兹，”他说，“如果你以后还想跟我聊，可以打我电话。”他把电话号码告诉他。

“好。”埃兹拉说。

“我一直都在。只要你有心情，随时打电话来。随便什么时候。好吗？”

“行。我会打的。”

“那好，很好。再见。”

“再见。先这样吧，”埃兹拉说，“把那奖杯擦擦干净哦。”

接连打了这三个电话之后几个小时——也就是在这几个可预见的平庸而无效的鼓动性谈话之后，在唤起同事往日的记忆从而唤起他们往日的勃勃生气、在努力找话题鼓舞绝望者将他们从边缘拉回来的尝试之后——他想做的不仅仅是打电话和女儿说话（他发现她正在医院里陪菲比），而且想打电话和他的父母亲说话，从而唤起自己往日的勃勃生气。但是与生命终结这样一个必然的打击相衡量，他所领悟到的就根本无关紧要。要是他知道在他这么多年职业生涯中有幸认识的每一个男人、每一个女人必然遭受的痛苦，知道每个人遗憾、失落、淡泊的痛苦故事，知道他们的害怕、惊慌、孤立、恐惧，要是他知道他们诀别的每一件最后的事物曾经都是他们最重要的，知道他们正如何有条不紊地遭受毁灭，他将守在电话机旁，从早到晚，不眠不休，至少再打一百个电话。老年不是一场战斗；老年是一场大屠杀。

他下一次上医院做每年一次的颈动脉例行检查，超声波扫描图显示他的第二颈动脉如今严重阻塞，需要动手术。这将是他连续第七年住院治疗。这消息令他一颤——尤其是在当天上午他接到电话得知埃兹拉·波洛克去世之后，但他至少还是在同一家医院由同一个主动脉外科医生做手术，并且这次他已具备足够知识知道不要接受局部麻醉，而要全身麻醉、失去知觉。他非常努力地使自己相信有了第一次颈动脉手术的经验，没什么可担心的，他也不用费心告诉南希他即将动手术的事，尤其是此时她还有母亲需要照顾。但是，他还真打定主意，要花心思找到莫琳·拉扎克，尽管几个小时内他已经试过了所有他知道的她可能在哪里的线索。

那就剩下豪伊，他们已经有些时候没通电话了。仿佛一旦他们的父母去世多年，过去遭到禁止或者根本不存在的种种冲动都在他内心涌动，他的释放，以一个病人的狂怒——一个没有生趣的病人，一个无法避开缠绵的疾病那最致命的陷阱、无法避免性格扭曲的病人的狂怒与绝望——破坏了他与最亲近的人之间最后的联系纽带。他爱的第一个人是他的哥哥。这一生贯穿始终的是他对这个优秀男人的敬爱。他把自己的几次婚姻都弄得一团糟，而他成年以后，兄弟情谊则始终不变。他从来没有要求豪伊做任何事情。而现在，他失去了他，就跟他失去菲比的情况一样——都是他自作自受。如今对他而言有所谓的人似乎已所剩无几，他完成了对最初家庭的瓦解。不过拆散家庭是他的特长。难道不是他剥夺了三个孩子拥有一个像他自己曾经拥有的完整童年和一个父亲持久的慈爱保护？那个父亲专属于他和豪伊，不属于别人。

当他想到被自己毁了的一切，他主动的、似乎没有什么充分合理原因的，甚至是违背他的每一种初衷、违背他意愿的毁灭——想到他苛刻地对待一个从不对他苛刻、总是抚慰他、帮助他的哥哥，想到他背叛家庭对几个孩子所产生的影响——当他自觉可耻地想到他现在不仅是在生理上退化成一个他不想成为的人，他就握起拳头捶自己的胸，带着自我谴责的意味一下一下地捶，离那个去纤颤器仅差几英寸。在那一刻，他对自己究竟哪里做得不对比兰迪、隆尼都清楚得多。这个平素心气平和的人猛烈地捶着自己的心脏，像某个做祈祷的狂热信徒，并且不仅仅是为一个错误而后悔自责，而是因为他所犯的所有错误，所有根深蒂固、无可避免的愚蠢错误——他满脑子想着自己痛苦的不足，仿佛人生中每一次难以理解的意外都是他制造的——于是他大声说："不用豪伊帮忙！这样结果了自己，不用他帮忙！"

豪伊在圣巴巴拉的大农场有一幢舒适的客舍，几乎和他的公寓一样大。多年前，有一年夏天豪伊一家去欧洲度假的时候，他和菲比、南希在那儿住过两个星期。游泳池就在门口，豪伊的马都放到山里去了，有人专门为他们做饭、服务。最后，他知道，豪伊的儿子、海洋学家史蒂夫正和女朋友在那里暂住。他敢问吗？他能在此时冒出来对他哥哥说，他想到那幢客舍住两个月，再决定接下来到哪儿住、怎么生活吗？手术做完后，假如他飞到加州休养，还有哥哥相伴……

他抓起电话，拨了豪伊的号码。电话转到答录机上，他留了姓名和号码。大约过了一小时，豪伊最小的儿子罗博打了过来。“我爸妈在西藏。”罗博说。“西藏？他们在西藏干什么？”他敢肯定他们在圣巴巴拉，豪伊只是不想接他电话。“爸爸去香港出差。我想应该是董事会会议吧，我妈跟他一起去的。然后他们就去西藏旅游了。”“西方人能去西藏？”他问侄子。“噢，当然，”罗博说，“他们还要过三个星期才回来。要带口信吗？我可以给他们写电子邮件。有人打电话来的时候我都是这么做的。”“不，不用了，”他说，“你的哥哥们怎么样，罗博？”“都还好。你呢？”“我在好转。”他说完，挂了电话。

这么说吧，他离婚三次，一度被称为“花心丈夫”，对爱的投入就跟他所干的坏事、犯的错误一样出名，而现在他得独自解决。

从现在起，他都得靠自己了。即使二十多岁时他还认为自己老实本分，到了五十多岁，他已能够吸引所有他想吸引的女人；从他上美术学院起，这种吸引力就没消失过。仿佛他就注定没有别的特长。然而某种无法预见的事情发生了，无法预见，难以预测：他已活了近四分之三个世纪，最有创造力、最有活力的日子已经过去。他既不再拥有精力旺盛的男性魅力，也不能再做只属于男人的乐事，他竭力克制自己对此不要太渴求。有一度他觉得自己失去的这部分还会不知不觉回来，令他重新战无不胜、无所不能，觉得他将恢复行使他被错误中断的权利，回到仅仅几年前他停下的地方。但是现在，他似乎和许多老年人一样，已陷入每况愈下的境地，无可奈何地消磨着没有目的的日子。就算走到头，他都只是如此——无目的的白天，不确定的黑夜，虚弱地忍受身体的败坏，终极的悲哀，等待而无所等待。他想，生命就是这样耗尽的，这是你无法知道的。

这个和南希的母亲游过海湾的男人，到达了他做梦都没有到过的地方。是该为湮灭而担忧的时候了。它就是遥远的未来。

动手术前不足一星期的星期六早晨——之前他做了一晚上噩梦，凌晨三点从梦中惊醒大口喘气，必须把公寓里的所有灯都开着才能平息内心的恐惧重新入睡——他决定去纽约看南希和她那对双胞胎孩子，再探望此时已经在家由护士照顾的菲比，这样对他也好。通常，他刻意保持的独立支撑着他；正因为此，他能够不为所动地远离朋友、家人而在新的地方开始新的生活。但是自从他打消和南希一起生活、与豪伊暂住的念头，他就觉得自己一天天地弱小，变成孩子似的人。是这打击他信心的、连续第七年的入院手术迫在眉睫吗？是预见到自己将逐渐除了医疗整天什么都不想？还是意识到这样一次次地住院，回想童年，再看眼前的手术，站在他床边的人越来越少，最开始的那么一大群人逐渐减少直至于无？或者只是就要到来了的那种孤立无助的感觉？

他梦见的是自己赤身裸体躺在上美术课的那位米莉森特·克拉玛旁边。他在床上抱着她冰冷的尸体，就像当年抱着菲比，当时菲比的偏头痛发作最厉害的时候，医生给她打了一针吗啡，痛是镇住了，却产生了可怕的幻觉。他半夜醒来打开所有灯的时候，喝了点水，猛地推开一扇窗，来回踱步，让自己平静下来，不管自己怎么样，他想的只有一件事：她是怎么自杀的？是趁自己还没改变主意，猛地一把吞下药片吗？当她最终咽下去后，有没有大叫她还不想死，只是再也无法忍受极端的痛，只想让一切疼痛停止，有没有尖叫、呼喊她只想要杰拉德在身边帮助她，让她挺住，她一定能熬过疼痛，与他携手渡过难关？她是不是呢喃着他的名字，流着泪死去？还是经过长久的思考最终确信自己没有做错，然后十分镇定地服了药？她是不是从容地、默默而投入地双手握着药瓶，然后把药全都倒在掌心，就着她生命中最后一杯水、最后一口水的滋味，缓缓咽了下去？他不禁想，她是否已经想穿了，认命了，有勇气抛下一切，也许一边流着泪回忆所有的快乐、所有曾经令她激动和令她高兴的事，一边笑着，头脑中闪过数百个平凡的时刻，当时没什么意义，现在却似乎是特意让她的日子充满寻常的幸福感？还是她对自己抛在身后的是什么已经失去兴趣了？她没有流露出害怕，只是觉得疼痛终于结束，终于消失，现在我只要睡着，就能离开这令人惊奇的场景？

但是，人怎么会自觉自愿地放弃充实而选择无尽的虚无呢？他会怎么做？只是镇静地躺着说再见吗？他有米莉森特·克拉玛那样的意志摒弃一切吗？她与他同龄。为什么不呢？像她这样的困境，多少也要持续几年吧？连命都置之度外了，谁还敢挑战她呢？我一定会，我一定会，他想，身体里的六根支撑管告诉我，我一定会在最近哪天就要无所畏惧地说再见了。但是离开南希——我做不到！她以前上学路上就可能碰到这种事情！女儿再也得不到他的保护，只剩下他们的血缘关系！他也永远听不到她早晨的电话了！他仿佛看见自己在伊丽莎白市中心的大十字路口同时向任何一个方向奔跑——失败的父亲，妒忌的弟弟，不忠的丈夫，无用的儿子——呼喊着一个个他无论怎样努力都追不上的亲人的名字。“妈妈，爸爸，豪伊，菲比，南希，兰迪，隆尼——如果我知道怎么办就好了！你们听见我吗？我要走了！结束了，我要离开你们了！”而他们正以同样的速度与他背道而驰，迅速消失，他们转头若有深意地向他喊：“太晚了！”

离开——正是这个曾经令他透不过气、满心恐惧地失眠的词，将他从抱着一具尸体的场景中拯救出来。

他最终没有去纽约。在泽西收费高速公路上向北行，他想起纽瓦克机场的南边就是他父母落葬的墓园出口，于是他开到那里就下了收费公路，顺着弯弯曲曲的路穿过一个老旧的居民区，经过一所破败的小学，在一条年久失修的货运干道上停了下来。路旁边就是占地大约五亩的犹太人墓园。墓园尽头是一条空置的路，驾驶教练带学车的人在那里练调头。他慢慢将车驶过敞开的尖头铁门，停在一幢小房子对面，那里过去肯定是祈祷室，现在已成破败的、空荡荡的废墟。施行墓园葬丧事务的犹太人联合会，随着成员们分别搬到联合县、埃塞克斯县、莫里斯县等地郊区，多年前也已解散，看起来，墓园似乎再也没有人照看了。许多坟墓周围的泥土都在下陷，每一处的墓底基石都已松动倒塌，而这一切不仅发生在他祖父母落葬的那块挤满数百座坟墓、墓碑年久发黑的旧墓地，也发生在花岗石墓碑上刻着二十世纪下半叶日期的新墓区。他父亲在这里下葬的时候，他还没有注意到这些。当时他的眼中只有一口用带子架在墓穴上的棺材。它朴素普通，却是整个世界。接着就是埋葬以及墓穴装满尘土的残酷。

就在上个月，他已经在蒙默思县的两个墓园参加了两次葬礼，都不如这里荒凉，也不如这里危险。最近几十年中，除了有人损坏、捣毁他父母所葬这片区域的墓石和附属建筑物，还有专门在这个墓园打劫的歹徒。有时候他们光天化日就抢单独或结伴来这里扫墓的老人。他父亲落葬的时候，拉比就告诉他，以后如果他自己来扫墓，最好选在犹太历新年的那段时间来，因为应墓园主席委员会之请，当地警察局同意在这段时间保护那些严守教义到这里颂圣诗、祭先人的人。当时他听了拉比的话，点点头，但他并不把自己当作教徒，更别说严守教义了，他对犹太历新年也非常反感，因此从未选择在那段时间到墓园来。

死者是他绘画班上的两个女学员，都死于癌症，相隔不到一星期。参加葬礼的有许多海星沙滩的居民。环顾四周，他不禁想，这些人中谁是下一个死者呢。人人都知道现在活着的人在一百年中迟早都要死——这种势不可挡的力量将席卷此地。他算计着剩下的日子。他像一个名人般沉思。

两次葬礼都有一个矮胖的老太哭得难以自制，看来不仅仅是死者的朋友，而更像她们的母亲，虽然这不可能。在第二次葬礼上，她就站在离他只有几英尺的地方唏嘘不已，他旁边还有一个块头超大的陌生人，抱着胳膊，抿紧牙齿，抬着下巴，明显要和她保持距离，像一个漠不关心、再也不愿忍受她的旁观者，即使如此（也许正因为如此），他很可能是她丈夫。更有甚者，她的泪水激起的不是同情的关切，而是冷冷的轻蔑，因为在葬礼中，当拉比用英语吟诵着祈祷书上的经文时，这位丈夫变得主动起来，他不耐烦地问："你知道她为什么这么反常吗？""我相信我知道。"他轻声答道，这么说的意思是，因为她是为自己哭，正如我自小时候起就是为我哭。因为和每个人一样，她是为自己哭。因为生命最令人心烦意乱的极限是死亡。因为死亡是多么不公平。因为人体验过生命以后，死亡似乎就不显得理所应当。我想过——当然是偷偷地想——生命一直延续下去。"啊，那你错了，"这男人断然说，好像看透了他的心思，“她一直都是这样的。五十年来都是这样的。”又冷冰冰地蹙着眉说了一句：“她这样是因为她已不再是十八岁。”

他父母葬在墓园近外围的位置。他花了片刻工夫在铁围栏边找到了他们的墓，铁围栏将最新的一排墓区与一条狭窄的小路隔开。这条路似乎是从高速公路下来的卡车休整的临时歇脚点。自他上一次来这里之后的这些年，他已经忘了自己第一眼看到墓碑时的感受。看到他们两人的名字刻在上面，一股热泪涌了出来，是那种能令婴儿都手脚发软的啜泣。他自然毫不费力地想起了对他们两人最后的那段记忆——都是在医院里的记忆——可是，当他努力回想对他们最早的记忆、追忆他小时候和他们在一起的时光，这般竭尽所能的努力，带来的却是第二波情感的大浪，将他淹没。

他们只是骨头了，装在一口箱子里的骨头，但是，他们的骨头就是他的骨头，他尽可能近地站在骨头旁边，好像缩短了距离他就可能和他们连在一起，就可能缓减因为丧失未来而产生的孤立感，并且将他与已经逝去的过往重新联系起来。在接下来一个半小时的时间里，这些骨头对他而言是最重要的。重要得可以让他不顾这座冷落的墓园那阵阵腐败气息的来袭。只要他和这些骨头在一起，他就不能离开，不能对他们说话，只能在他们说话的时候倾听。他与这些骨头之间还有许多未竟的事，远远多于现在他与那些血肉之躯之间所发生的事。血肉消失了，骨头却长存。对于一个不寄望于来生、坚信所谓上帝是虚构、今生就是自己惟一的人来说，这些骨头是仅有的安慰。在他与年轻时的菲比初次相逢时，她或许使它们的重要性退居次席，但现在要说他最深切的快乐得自于墓园，也并不为过。他可以在这里自得其乐。

他知道自己并没有虚情假意，也知道自己并不是在刻意要实现什么。与那些骨头连在一起的强烈愿望，这就是真实。

他母亲八十岁逝世，他父亲九十岁。他大声对他们说："我现在七十一岁。你们的孩子七十一岁了。""很好，你活过了。"他妈妈答道，他父亲说："反省一生吧，能赎罪的就赎罪，这辈子别留遗憾。"

他无法离开。脆弱难以控制，正如每一个人都渴望活着，并且一切都从头来过。

穿过墓园走向自己车子的时候，他看见有个黑人正拿着铁锹挖墓坑。他站在挖了大约两英尺深、还没完工的墓坑里，见有人走近，便停下铲土、把泥土往墓外两旁送的动作。他穿着黑色的工作服，戴着旧棒球帽，从他发灰的胡须和脸上的皱纹判断，他至少有五十岁，但是，身板依然厚实。

“我以为这活儿是用机器干的。”他对掘墓人说。

“那些坟墓很多的大墓园，他们是经常用机器的，没错儿。”他说话的腔调像南方人，但实事求是地、更准确地说，他更像是一个书生气十足的学校老师而不是体力劳动者。“我不用机器，”掘墓人接着说，“因为机器会把其他坟墓弄塌掉。土壤会下陷，会压在棺材上。而且你还要考虑墓碑。对我来说凡事都亲手做才容易办呢。干净利落，不用破坏别的就可以把泥土挖出来。我有一辆小拖拉机，开起来得心应手。反正我是亲手挖。”

他这才注意到在坟间杂草丛生的路上停着的那辆拖拉机。“拖拉机派什么用？”

“把挖出来的泥土运走。我干这活儿很久啦，知道得运走多少泥土，留下多少泥土。装满十拖车先运走，剩下的就盖在板上。我垫了几块胶合板。你看得见。我垫了三块胶合板，这样泥土就不会盖在草上啦。最后一半泥土就铺在板上，铺满。然后我用这种绿毯子把这一切都盖住。尽量为死者的家属考虑周到。这样看上去就像是草地似的。”

“你怎么挖的？冒昧问一下。”

“没啥，”掘墓人还站在两英尺深的地方说，“大多数人都无所谓。对他们来说，知道的越少越好。”

“我想知道。”他追问。他是说真的。他还不想走。

“是这样，我有一张地图。上面标出了墓园里每一座坟墓的位置，哪些墓位已经卖掉了，哪些已经落葬了。有了地图就可以找到位置，天知道人家是什么时候买的，五十年前，七十年前。确定位置以后，我就拿着一根探针过来。它在那儿。就是地上那根七英尺长的尖头棍。我把它往下插两三英尺，这样就把一座坟墓的位置确定下来。梆——你碰到棺材了，听得到声音。然后我就拿一根棍子在地上把新坟墓的位置画出来。再把一个木框放在地上，就从框里往下挖土。我先用草坪修剪机把一块草皮裁成木框大小。再裁小一点，做成一平方英尺大小的草皮，把它们放在墓穴后面看不见的地方——因为我不想把举行葬礼的地方搞得乱糟糟。泥土越少，清理起来越容易。我把一块板放在旁边的坟墓后面，然后用耙子把那些方草皮插到板上。我把它们放得像一个格子，看上去就跟搬动之前没什么两样。这要花大概一个小时。这部分最累人。之后我就开始挖土。我把拖拉机开过来，后面挂着拖车。我要做的，先是挖土，也就是我现在在干的活儿。重活儿让我儿子干。他现在比我壮。等我不中用了，他愿意接我的班。他很忙或者不在这儿的时候，我就自个儿干全部活儿，要是他在，我就让他干重活儿。我五十八啦。没法像以前那样挖土啦。他开始工作以后，我就让他成天到这儿来干活，我们轮流挖。那很开心，因为他还年轻，我就有时间跟他说说话，就我们俩。”

“你跟他说些啥？”

“可不是说墓地，”他大笑道，“不是我现在跟你说的这些事情。”

“那说什么？”

“随便什么啊。日常生活啦。反正，我先挖一半。我用两把铲子，好挖的时候就用方头铲，可以多铲些泥土，然后用标准的圆形尖头铲。就是那种你通常掘土用的基本工具，常用的那种铲。好挖的时候，特别是春天土壤比较松又潮湿的时候，我就用这把大铲子，一大铲一大铲地把泥土抛进拖车。我从前往后挖，挖出一个方格形，挖的时候还要用草坪修剪机把这个墓穴的边修得方方正正。我用草坪修剪机和一把直耙修——他们叫它‘铲形耙’。我也用它来画边，掘地，修边，把墓穴修方正。你得一边挖一边让它修成正方形。拖车先装满十车，我把它拖到墓园里一块地势低的区域，我们正要把它填满。我把拖车倒空，回来，再装满。倒掉十车，活儿就干一半了。大约挖了三英尺深。”

“那从头到尾，要花多少时间？”

“我这一部分干完大约三小时。甚至可能要四小时。看挖的情况。我儿子是把好手——他大概只要两个半小时。这是一天的活儿。我通常早上六点钟就来了，我儿子十点左右来。不过他近来很忙，我让他随便什么时候来都可以。如果天气热，他就晚上来，凉快些。碰到犹太人，他们只提前一天通知我们，我们只能抓紧干。在基督徒的墓园，”他指着马路对面那个大得没边的墓园说，“委托人会提前两三天通知我们。”

“你干这行多久了？”

“三十四年喽。真漫长啊。这活儿不赖。清静。你有的是时间思考。不过也很忙。我的背开始犯病了。很快就要把这活儿全传给我儿子啦。他接了班，我就搬回一年四季都暖和的地方去住。因为你别忘啦，我只跟你说了挖地。你还得回来把它填平。那还得花三个小时。把草皮铺回去，等等等等。还是来说挖地吧。我儿子把坑挖好，把四边弄平整，坑底也踏平。它有六英尺深，样子不错，你可以跳下去。就像第一个委托我挖坑的老头儿说的，这坑底平得可以放一张床。他这么说的时候我就嘲笑他。不过的确是这样：坑就在眼前，六英尺深，对家属来说正好，对死者来说也合适。”

“我可以站在这里看你挖吗？”

“没问题。这个坑很好挖。没有石头。挖起来很顺。”

他看着他用铲子往下挖，然后扬起来重重地把泥土抛到胶合板上。每隔几分钟，他就用耙上的齿把两边捣捣松，然后从两把铲子中挑了一把继续挖。时不时会有颗小石头落在板上，不过挖出来的大多还是潮湿的棕土，铲子一挥就散开了。

他的视线从墓碑旁扫到掘墓人铺在后面的一块块正方形草皮，葬礼结束后它们还会归于原位。这一块块草皮的大小跟垫在下面的胶合板非常妥帖。他还是不想走，即使只要他一转头就会瞥见他父母的墓碑。他就没想过要走。

掘墓人手指着墓碑，说：“这家伙在二战中打过仗，在日本当了战俘。人非常好。以前他来这里看他老婆的时候就认识他了。好人呐。一直都那么好。就是你出车祸被汽车卡住的时候，会把你拖出来的那种人。”

“这么说这里的人你认识一些。”

“当然啦。这里有个男孩，十七岁。出车祸死了。他的朋友经常过来在墓前放几听啤酒，或者一根钓鱼竿。他爱钓鱼。”

他把铲子在胶合板上拍了一下，把上面的一块泥巴震下来，然后继续挖。“呀，”他说着，视线穿过墓园向街上看去，“她来了。”他立刻把铲子搁在一边，脱下沾满泥土的黄色工作手套。这是他第一次跳出墓坑，两只老破的工作鞋相互拍打，把粘在鞋子上的泥土拍下来。

一位黑人老太太一手拎着一只彩格花纹小冰箱，一手提着一只保温瓶，向这挖掘中的墓地走来。她穿着一条尼龙裤，颜色就跟掘墓人戴的工作手套一样，脚穿跑鞋，上身是一件纽约扬基队的拉链式夹克衫。

掘墓人对她说：“这位和气的先生今天上午一直和我在一起。”

她点点头，把小冰箱和保温瓶递给他，他接过来放在拖拉机旁。

“谢谢，亲爱的。阿诺德还在睡觉？”

“已经起来了，”她说，“我给你做了两块肉馅饼和一根大香肠。”

“好。谢谢。”

她又点点头，然后转身走出墓园，上了车，开走了。

“那是你妻子？”他问掘墓人。

“那是塞尔玛，”他笑眯眯地说，“她喂养我。”

“她可不是你母亲。”

“啊，不，不—— 不，先生，”掘墓人哈哈大笑，“塞尔玛不是。”

“她倒不在乎到这里跑一趟吗？”

“该干什么就干什么。这是她概括的生活态度。对于她来说就是挖一个坑，就这么简单，没什么特别的。”

“你要吃午饭了，我也该走啦。不过我还想问问，我父母的墓地是不是你挖的。他们葬在那儿。我带你去看。”

掘墓人跟着他一路走到能够看清他父母碑石的地方。

“是你挖的吗？”他问。

“当然，是我挖的。”掘墓人说。

“那好。我要感谢你。感谢你告诉我的每一件事，感谢你把一切都安排得这么干净利落。没人能像你这样把事情做得这么细致了。真是给一个年纪大的人上了很好的一课。我要感谢你的细致，感谢你那么认真周到地挖我父母的坟墓。也许我可以送你点什么。”

“我过去收过报酬了。谢谢您。”

“我知道，不过我愿意送给你和你的儿子。我父亲过去总是说：‘趁你手还热，赶紧送人礼。’”说着，他塞给他两张五十元纸币。当掘墓人宽大、粗粝的手掌合拢，他端详着他，看着这张善良、布满皱纹的脸和带斑点的皮肤，也许，这个蓄着胡须的黑人很快也会给他挖一个墓坑，坑底平得可以放一张床。

接下来的日子里，他只能寄希望于他们令他神奇地回忆起他们过去的点点滴滴，记忆中的，不仅要是此刻正在老去的这个人已成尸骨的父母亲，还得是当年那个幼稚小男孩的、尚为血肉之躯的父母亲，那个在去医院的公共汽车上，妈妈膝盖上的包里放着《金银岛》《吉姆爷》的小男孩。他稚气未脱，但因为有妈妈在，他不显得害怕，也没有联想起他当年看着海岸警卫队在积满油污的海滩边抬走那具水手的浮尸。

他星期三一早就进了医院做右颈动脉手术。流程就跟以前做左颈动脉手术时一模一样。他和所有排上手术表的病人一起在休息室等候，叫到他的名字，他就穿着单薄的病号服和纸拖鞋，在一名护士的陪同下进了手术室。这次戴着口罩的麻醉师问他想要局部麻醉还是全身麻醉，他选择了全身麻醉，总比第一次手术时容易忍受。

父母的骨头对他说的话令他觉得一身轻松、坚不可摧。终于令他内心恢复平静的苦苦挣扎也令他感觉如此。无论什么都不能泯灭那个男孩的活力——他毫发无伤的身体上那颗细小的鱼雷曾在狂暴的海洋中踏着大西洋的海浪一口气冲浪一百码到岸边。啊，抛弃它吧，还有水的咸味和灼人的太阳！他想，日光普照大地，一个又一个夏日的阳光照耀在充满生机的大海上，真是一个光的瑰宝，它如此巨大，如此珍贵，好像他能透过刻着他父亲姓名首字母的夹眼放大镜凝视这个完美、无价的星球，凝视他的家园，这个十亿、万亿、兆亿克拉重的行星地球！他想着自己离死还远、命不该绝，渴望自己心想事成，渐渐失去了知觉。但是，他再也没有醒来。心脏停止了跳动。他不在了，不再存在，进入了他根本不知道的乌有乡。正如他当初的恐惧。

图书在版编目(CIP)数据

凡人/(美)菲利普·罗斯(Philip Roth)著;彭伦译.—上海:上海译文出版社,2019.11
(菲利普·罗斯全集)
书名原文:Everyman
ISBN 978-7-5327-8226-0

Ⅰ.①凡… Ⅱ.①菲… ②彭… Ⅲ.①中篇小说-美国-现代 Ⅳ.①I712.45

中国版本图书馆CIP数据核字(2020)第065708号

图字:09-2018-727号

凡人
[美]菲利普·罗斯 著 彭 伦 译
责任编辑/杨懿晶 装帧设计/COMPUS·汐和

上海译文出版社有限公司出版、发行
网址:www.yiwen.com.cn
200001 上海福建中路193号
杭州宏雅印刷有限公司印刷

开本 890×1240 1/32 印张 5.5 插页 5 字数 67,000
2020年6月第1版 2020年6月第1次印刷
印数:0,001—5,000册

ISBN 978-7-5327-8226-0/I·5049
定价:56.00元